舞い散る桜に、あなたを想う

安里 紬

ANRI Tsumugi

JN126707

文芸社

目次

プロローグ　「楓」

歩調に合わせて揺れる君の髪に意識を取られ、躓《つまず》きそうになった。幸い、前を歩く君は気付かなかったみたいだ。思えば、出逢った時も、僕は綺麗な髪に見惚れ、君の存在に心を奪われた。桜の花に負けないほどの存在感があったのに、今にも消えてしまいそうな危うい空気が、僕の心を一瞬で掴んでしまったのだ。きっと、君は気付いていなかっただろう。

小枝を踏む音が止まり、君の視線が桜の木に縫い留められた。僕もそれを追って、立派な桜の木を見上げる。

「懐かしいな。全然変わってない。あの頃のままだ」

澄んだ声が、辺りの空気を揺らした。僕らの他には、当然、誰もいない。夜の高校には人気《ひとけ》がなく、自然の中に佇む君の存在だけが異質だ。

「そうだね。本当に懐かしい」

隣に並び、盗み見るようにそっと見下ろす。月明かりは少し心許ないが、それでも君の表情はよく見えた。過去を慈しみ、目尻を下げているところを見て、僕の頬も緩む。

「私ね、桜を見ると元気が出るんだ。また、次の桜の季節まで頑張ろうって思えるの」

「昔から桜が大好きだったもんね。今も昔も、君は変わらず頑張り屋だ」

辛い日々を乗り越えていく君を、僕はずっと近くで見守ってきた。決して並大抵の努力ではなしえなかったはずだ。泣きたい時も、諦めたくなる日もあっただろうに、君は未来だけを見て、前進し続けてきた。その姿が眩しすぎて、僕は消えてしまったほうがいいんじゃないかと思うこともあった。それでも、こうして離れずにいるのは、僕のエゴかもしれない。

「浬《かいり》くんのお蔭で、私は笑っていられるんだよ」

「僕は何もしてあげられないのに」

「私にとって、浬くんの存在は大きいんだからね。どれくらい自覚しているのか、わからないけど」

そう言って笑った君の声が僕の心をくすぐり、凍えそうになっていた身体に温もりを届けてくれた。それが心地よくて、同時に、苦しくなる。

「僕にとっても、君は大きな存在だよ。僕の世界には、もう君しかいないと言えるくらいに」

不意に、顔を上げた君と目が合った気がして、僕は目を逸らした。

「浬くんの笑った顔が見たいな」

その言葉に、僕は堪《たま》らず苦笑してしまった。

「僕が笑ったとしても、それに君が気付くのは難しいって知ってる。だから、相変わらず不器用だねって、笑っておいてよ」

そっと顔を覗き込むと、君はほんの少し寂しそうな顔をして、唇を噛みしめた。痛そうなその唇に触れようと、手を伸ばしそうになったが、グッと堪える。眉間にしわが寄ろうが、口元が歪もうが、目を逸らした君には見えないのだからと、表情を整えることを諦めた。

ゆっくりと歩き始めた君の一歩後ろを、僕はまた静かについていく。風のささやきが二人の隙間を埋め、穏やかな月明かりが影を作り出す。

「あ、この枝、届きそう……あぁ、私じゃ無理か。浬くんなら届くかな」

木の真下まで来たところで、背伸びをして手を伸ばしたものの、残念ながら、目的の枝はずいぶんと遠かったようだ。僕の肩の辺りまでしかない身長では、難しいだろう。

「届くよ。ほら」

枝を傷つけないように、優しく指で触れると、カサッと音を立てて、小さく揺れた。君は驚いたように目を丸くして、息を呑む。その姿が可愛らしくて、僕はつい笑ってしまった。

君がしばらく何かを考え込むかのように、その枝を見つめていたから、僕はおとなしく眺めることにした。あまり長い時間ではなかったのだけど、なんだか僕には大切な時間に感じられて、この場の空気を噛み締めた。

それから、君が木の根元に腰かけたのを見て、息を詰めた。まさに出逢った時の光景そのものだったから。君が意識しているのかはわからないけど、僕は懐かしさのあまり、泣きたくなった。

僕の今の気持ちを言葉にしたら、君はどんな反応をするだろうか。喜んでくれるといいなと思う反面、泣かせてしまうんじゃないかという不安もあって、躊躇《ためら》ってしまう。『愛してる』なんて、重いって言うかもしれない。それでも、僕は君に伝えたい。想うだけじゃなくて、音に乗せて、君に届けたいんだ。泣かせてしまうかもしれないと思いながら、そう願うのは、我が儘だってわかっているけど、これっきりにするから。

そんな僕の心境を知る由もない君は、トートバッグから箱を取り出し、そっと撫でた。

その箱のことは僕もよく覚えている。今でも大切にしてくれていることが、この上なく嬉しい。プレゼントと呼ぶには微妙なものだったのに。

その箱はずいぶんと昔のものだから、もうすっかり古びてしまっている。それを見ると、改めて時の流れを感じる。君はもう二十八歳、すっかり大人の女性になった。置いていかれてしまった気分になるほどに。

箱の中身に夢中になっている君を、僕はジッと見つめた。邪魔しているかもしれないけど、許してほしい。こうして見つめられる時間が、僕にとっては何よりの宝物だから。

でもさ、少しは僕のことも見てほしいな。君が僕の目を見つめてくれたら、届けたい言葉があるんだ。だから、ねえ。こっちを向いて。

視線を上げた君の正面にしゃがみ、そっと髪に触れた。君が愛おしすぎて、僕は壊れてしまいそうだ。

「和奏《わかな》――」

その瞬間、続く言葉を持ち去るように悪戯な風が吹き抜け、桜の花びらが舞い上がった。視界を覆った桜の花びらに手を伸ばし、僕は君の姿を探した。いつの間にか流れていた頬の涙を強引に拭って、足元に視線を落とす。

愛していたんだ。どうしようもなく。
たった一度だけでいい。
もう一度、君を抱き締めたかった。

第一章「ライラック」

小枝の踏み折れる音を聞きながら、大塚《おおつか》浬は目的もなく歩いていた。足元にあった石を避けた瞬間、小鳥の囀《さえず》りが遠くから聞こえる同級生の声にかき消され、小さな溜息を漏らす。

今日は高校の入学式だ。浬は新入生の一人だが、式場である体育館から離れたい一心で、黙々と反対方向へ進んでいた。まだ校内の見取り図が頭に入っていないため、どこに向かっているのか、浬自身がわかっていない。まるで、今の自分が置かれた状況を表しているようで、歩を止めたくなる。

ふと顔を上げ、ニュースで話題になっていたハレの日に相応《ふさわ》しいという青空に視線を移す。確かに雲一つない昼下がりの空は澄んでいて、爽快感を味わえるような気がする。ただ問題なのは、空から得られるはずの爽快感が、浬の中の気怠い感覚を払拭できないという点だ。

不意に、浬の頬を風が撫でていき、葉擦れの音がした。意識が目の前に移って、ようやく大きな桜の木が立ちはだかっていることに気付いた。この辺りの開花が例年より少し遅れたお蔭で、ちょうど満開を迎えている。

浬が両手を回しても足りないほどに幹は太く、その圧倒的な存在を見せつけるように枝を伸ばしており、可憐な花は隙間を作ることを良しとしないかのように咲き誇って、天色《あまいろ》を切り取っていた。他の木々はこの桜を避けているのか、ぽっかりと開けた場所になっている。後にわかったことだが、桜の木は学校の敷地内に一本しかないにもかかわらず、あまり人の来ない中庭の端にあるせいで、わざわざ見に来る生徒はほとんどいない。サボるにはちょうどいい穴場だった。

浬は花見を楽しむような家庭ではなかったせいか、桜に特別な思いを抱くような人間ではない。どちらかと言うと、薄紅色の小さな花があっという間に散っていく儚さに意識がいき、悲しさや虚しさをより強く感じる。

浬が桜の木を通り過ぎようとしたところで、幹にもたれて座っている女生徒が目に入った。目を細めて桜を見上げる表情は物憂げで、ふっと消えてしまいそうな気がして、心臓が落ち着きなく揺れた。彼女の持つ雰囲気は、浬に焦燥感と不安感を抱かせる。

「あの、大丈夫ですか」

浬は自分から声をかけたことに内心で驚き、視線を彷徨《さまよ》わせる。面倒なことになりそうな予感と漠然とした憂慮が、浬の中でグルグルと渦巻いた。

「あれ、もう入学式始まるよ。新入生だよね」

そう言って、彼女はふわりと笑った。その瞬間、先ほどまで纏《まと》っていた頼りない雰囲気が霧散し、明るくて柔らかい雰囲気へと変わった。明るい栗色の髪が風に揺れ、滑らかな頬をくすぐっている。

「そうです。あなたも?」

在校生は午前中に始業式を終えて、すでに下校しているのだから、問うまでもなく同級生だろう。当たり前のことを聞いてしまい照れくさくなって、浬はガシガシと頭をかく。すると、前から小さな笑い声が聞こえて、素早く視線を戻した。まるで、その笑い声に本能が反応してしまったような速度で。

「そうだよ。サボり仲間だね」

　初対面の相手に対する砕けた態度、明るい髪色、入学式のボイコット――浬はつい不真面目な生徒である可能性を浮かべた。しかし、すぐに頭の中で否定した。何も知らないのに、勝手に決めつけるのは失礼だろう。自分だってボイコット中なのだ。

「ここで何をしていたんですか？」

「別に、ただ桜が綺麗だなって思って眺めてた。桜はすぐに散っちゃうのに、どうして、毎年諦めずに綺麗に咲くんだろうね。虚しくならないのかな」

　浬はその言葉に、何も返すことができなかった。同じことを思っていたからこそ、自分も答えの欲しい問いだった。返答の代わりに、浬は勝手に隣に腰を下ろし、彼女を見習って、桜を見上げる。風が吹くたびに、花びらが散らされ、舞っていく。彼女と違うのは、儚さに意識がいくか、美しさに意識がいくかだろう。

「虚しくなるから、諦められないんじゃないですか？」

「いつか、幸せを掴めるはずって？」

「まあ、そんな感じです」

　深く考えずに言った言葉が申し訳なくなり、浬は手で口を覆う。今更、そうしたところで言葉が消えるわけでもないのに。

「そっか。可能性がゼロじゃないなら、諦められないよね」

「諦めないでいてくれるといいですね」

正直、桜の幸せってなんなんだよと思う。散らないことだと言うのなら、可能性はゼロだ。それでも、彼女は諦めてほしくないと思っている気がして、浬は本心とは異なる言葉を返したが、彼女はその言葉の裏に心が籠《こ》もっていないことがわかっているように、ふふっと笑った。気まずくなった浬は顔を逸らそうとしたが、それよりも早く、彼女は浬に向かって右手を差し出した。

「私、須藤《すどう》和奏。一年二組。あなたは？」

「大塚浬。一年四組」

浬は探るように和奏の手と顔を見比べ、からかわれているわけではないと判断してから、恐る恐る握る。その手は折れてしまいそうなほど細く、驚きのあまり、反射的に手を引き抜いた、つもりだった。でも和奏が素早く浬の手を握り締めたせいで、結局捕まってしまったのだ。浬の体温はあまり高くないが、和奏のほうが低いのか、春だとは思えないほどの冷たさだった。

風に乗って、ほんのりと甘い匂いが漂ってきた。それに反応するように、意思と反した動きを見せた心臓を落ち着かせるため、浬は心の中で八十八星座のうち春の星座から順に思い浮かべていった。これだけのことで動揺しているのだと、どうしても和奏に知られたくなかった。

浬はこれまで恋愛をしてこなかった。小学生の頃は男友達と遊ぶことが楽しかったし、中学生の頃は両親の不仲からくるストレスを解消するため、馬鹿だと言われるくらいサッカーに打ち込んだ。恋愛に興味がないわけではないが、好きになる人がいないなら、無理に作るものでもないと思っている。そうは言っても、健全な十五歳の少年である。慣れない女の子との触れ合いに胸が高鳴らないわけがない。

「クラスは違うんだ、残念。でも、高校生になって、初めての友達だね」

そう言って、和奏はするりと指を動かし、浬の武骨な指と絡めた。

「ちょっと、いくらなんでも」

「親愛の握手」

「度を超えてるって」

浬は振り解こうとしたが、力任せにすると本当に折れてしまう気がして、文句を言うくらいしかできなかった。そんな浬を見て、和奏は楽しそうに笑う。

「やっと敬語が抜けた。同級生なのに、距離があるのは淋しいでしょ？」

「わかった。敬語はやめるから、もう手を離してよ」

桜の木の影が二人を覆っているため、浬の真っ赤になった顔は和奏からはよく見えないはずだ。同じように隣に座っていても、和奏の顔色はわからないのだから。

和奏は立てた膝の上に頭を乗せて、からかうように口元を緩め、浬のことを見上げる。女の子の上目遣いは最強だと言っていたのは、中学時代にできた悪友の言葉だ。まさか、自分も実感することになるなんて。しかも出逢ったばかりの子だ。

浬がムッと口を尖らすと、ようやく和奏は浬の手を解放した。浬は大きく息を吐き、なんとなく握られていた手を擦《さす》る。浬は心の中で、和奏は意地悪な子であると思うことにした。幼気な男子高校生を弄《もてあそ》ぶのだから、そう言われても文句は言えないはずだ。

「ちょっとは元気になった？」

不意に聞こえた真面目な声色に、浬はわずかに顔をしかめ、唇を噛み締める。何かを見透かされていたのかと思うと、悔しさすら感じた。

「もともと元気だよ」

「それならいいんだけど。なんとなく、笑顔をどこかに置いてきたのかなって思って。でも、私の勘違いならよかった」

　和奏の表情は先ほどまでのからかうようなものとは異なり、心配と安堵がない交ぜになっている。こんな表情ができることにも、浬の微妙な心情に気付いたことにも、不本意ながら意表をつかれてしまった。

「そう、勘違いだよ」

　和奏から目を逸らした浬は、和奏の眉尻が下がったことに気付かず、話を逸らそうと話題を探した。

「それよりも、君、手が冷たかったけど、大丈夫？」

　ようやく話題を見つけたことに安堵した浬が視線を戻した瞬間、和奏の硬くなった表情が目に入った。しかし、すぐに表情は変わり、見間違いだと思えるほど、和奏は自然な笑顔を見せる。

「元気だよ！　だって、私は元気が取り柄だもん。元気だけが、取り柄なんだよ」

「何回、元気って言うの」

　彼女のあまりの必死さに、浬は思わず噴き出した。

「あ、そろそろ入学式、終わるかな」

そう言って体育館のほうを見た和奏の視線を辿ったものの、思っていたよりも離れていたせいで、この場所からは生徒が出てきているかはわからなかった。腕時計で確認すると、残り十五分といったところだ。

「一応、入学式のことを気にしていたんだね」

浬はてっきり、和奏はこのまま教室にも行かずに帰るのだろうと思っていた。イメージからの勝手な決めつけだけれど。

「まあね。せっかく来たんだし、教室に顔を出すくらいはしないといけないかなって。でも、どうしようかな。浬くんがこのままサボるなら、私もサボっちゃおうかな」

浬はサボるという選択肢が存在することに口元を緩める。やはりイメージは大きく違わないのかもしれない。

「僕は教室に行くよ。悪い誘いには乗らないから」

浬は左の口角だけを上げて、仕返しとばかりに目を細めた。さんざんからかわれてきたのだから、最後まで振り回されるのは面白くない。浬を思い通りにできなかったら、和奏はどんな反応をするだろうか。浬はわずかな変化も見逃さないよう、じっと見つめた。しかし、和奏から得られたものは、へくちっという妙なくしゃみだった。

和奏のうつむきがちな顔を下から覗き込むと、先ほどまで笑顔だった表情が強張り、眉間にしわを寄せていた。

「ねえ、本当に大丈夫？　いくら春とはいえ、ずっと外にいたら身体も冷えるよ」

浬が和奏の頬にかかった髪にそっと触れると、青白くなった頬が露わになった。指の間をすり抜けたサラサラの髪が和奏の鎖骨あたりで揺れる。浬は思わず自分の手を見つめ、ぎゅっと握り締めた。無意識の行動が自分らしくなくて驚いたと同時に、初めて触れた絹のような髪の滑らかさに言葉を失う。

「大丈夫だって。もしかして、浬くんって過保護？」

「じゃなくて、普通に顔色悪いって」

桜の木でできた影に紛れていたが、よくよく意識して見れば、顔色の悪さにも気付けたのだ。見つめるのが照れくさいとか、女の子に慣れていないとか、あれこれと理由を付けて避けたりせずに、もっと早く体調を気遣ってあげればよかった。そんな浬の後悔が和奏にも伝わったのか、和奏は顔を上げて微笑んだ。

「色の白いは七難隠すっていうじゃない。いいでしょ」

「いいも何も、返事しにくいことを言わないでよ。ほら、教室じゃなくて保健室に行こう。付き添うから」

「保健室なんて行かないよ」

そう言うと、和奏はプイッと音が聞こえそうな勢いで顔を背けた。わかりやすくいじけた仕草が可愛らしくて、浬は口を覆って笑いを堪える。ここで笑うのは良くない気がする。もっといじけてしまって、本当に保健室に行かずに無理する可能性があるのだから。

「僕、風邪気味なんだよね。ここに座っていたせいか、さっきから寒気がする」

「えっ、本当？」

こほこほと咳の真似をしてみると、和奏は表情を変え、浬の腕を掴んだ。明らかに下手な咳だったが、和奏を騙すことには成功したらしい。少々罪悪感を抱くものの、和奏を保健室に連れて行くためにはやむを得ない。行ってみて、本当に体調に問題がなければそれでいい。後から怒られてあげてもいい。コロコロと表情を変え、楽しそうに笑う和奏のどこに不安感を抱くのかは自分でもわからない。それでも、なぜか放っておく気にはなれないのだ。

「うん、本当。それにしても、一人で行くのは不安だな。途中でふらつくかもしれない」

すべての罪悪感の欠片《かけら》を桜の木の根元に埋め、浬は顔を右手で覆って、深く息を吐いた。少々大袈裟な演技だったか。浬は内心で嘘に気付かれないかとヒヤヒヤしながら、和奏の反応を待った。

「わかった。私が保健室に連れて行ってあげる」

この瞬間、浬はガッツポーズをしそうになって、既《すん》の所で堪えた。

浬が立ち上がると、和奏も緩慢な動きで立ち上がる。そうして並んで初めて、和奏が小柄であることがわかった。華奢な体格のせいで、より小さく見えるのかもしれない。浬の顎のあたりにある旋毛《つむじ》を眺め、ぼんやりとしていたのが悪かった。気付けば、右手を握られ、引っ張られている。

「ちょちょ、待って。それはまずい」

「ふらつくんでしょう？」

「そう言ったけど……」

これこそ自業自得である。入学早々、女の子と手を繋いで校内を歩くなんて以ての外だ。その後、待ち受ける噂話は想像するだけでげんなりする。

しかし、言い出したのは浬だ。ここで嘘だと言えば、下手なりに頑張った演技も無駄になるだろう。その上、改めて和奏の手に触れたことで、手の冷たさを再確認してしまったのだから、ますます放っておけない。浬は大きな溜息をつき、肩を落として、引っ張られるままに歩き始めた。

初めて女の子と歩く浬にとって、小さな和奏の歩みはもどかしい速度だ。自分のペースで歩けるほうが楽であることに間違いはないのに、今の浬は不快に感じない。むしろ、新鮮で愛おしく感じる。そんな感覚もまた浬にとっては初体験であった。

二人の間を桜の花びらを伴った風が吹き抜けていき、薄汚れた校舎の壁に当たって、空に舞い上がる。まるで、遠く空の彼方に溶けて消えていくように。浬は手に冷たさを感じながら、その様子を見上げる。

「確かに、綺麗だな」

「何か言った？」

「何でもない」

浬がごまかすように微笑むと、和奏は面白くなさそうに口を尖らせた。それでも、すぐに笑顔を見せて、浬の手を強く引く。浬が仕方なさそうに引っ張られるのを見て、和奏は声を上げて笑ってつぶやいた。

「不器用なんだね」

唐突に言われたその言葉の意味がわからなくて、浬は首を傾げた。しかし、和奏はそれ以上の説明をする気はないのか、嬉しそうに笑うだけだった。

「何が、そんなに嬉しいの？」

浬を保健室に連れて行くことが嬉しいのだろうか。それとも、自分の体調不良をごまかすことができたと喜んでいるのだろうか。

そう思っていたのに、和奏から返ってきた言葉は予想外のものだった。

「浬くんの優しさが嬉しいんだよ」

「べ、べ、別に、優しくないし。本当に体調が悪いんだって」

浬は熱くなった頬を空いている手で覆う。すると突然、和奏が立ち止まり、手を伸ばしてきた。長い前髪が風にさらわれて、普段は隠れている浬の目元が露《あら》わになった。左目の下にある小さなほくろに、冷たい指先が触れる。

その瞬間、時が止まった。浬の顔も真っ赤だが、同じくらい和奏の顔が真っ赤になっている。

「ずるい……」

小さなつぶやきに、浬は我に返り、止めていた息を吐いた。

「どっちが――」

「たいへん、たいへん。本当にたいへん。もう、困っちゃう」

浬の言葉を遮った和奏はそうつぶやきながら、再び浬の手を引き、歩き始めた。その後ろ姿を眺めながら、浬は暴れ続ける心臓を落ち着かせようと深呼吸を繰り返す。

結局、繋がれた手が離れるまで、浬の心臓は落ち着くことはなかった。

第二章　「キンモクセイ」

「浬くん、見つけた！」

教室を出ようとしていた浬は無邪気な声に呼び止められ、ほんの少しだけ顔をしかめた。隣にいる杉崎仁嗣《すぎさきひとし》の顔が何か言いたげににやけたのがわかる。入学から間もない頃に、浬の前で派手に転んだ仁嗣を助けたことがきっかけで、二人は仲良くなった。お調子者の仁嗣と寡黙な浬、正反対のようで、意外と気が合ったのだ。浬は肘で仁嗣の脇腹を小突き、教室に戻ろうとしたが、それは小さな手に遮られ、叶うことはなかった。

「どうして逃げるの？」

制服のブレザーの裾を掴んでいる手をやんわりと離そうとしたものの、華奢な手が抵抗を見せる。

入学式の日以降、和奏は浬にすっかり懐き、こうして気まぐれにやってきては騒ぎを起こしていくようになった。目立ちたくない浬にはいい迷惑である。騒がしいというだけなら、まだマシだったかもしれない。和奏の容姿は人の目を引き、その華やかな雰囲気に憧れる男子生徒が多いせいで、悪目立ちしてしまうのだ。

浬はわざと大袈裟な溜息をつき、和奏のほうへ向き直った。

「今日はどうしたの？」

毎回、逃げようとしても、絶対に逃がしてはくれないため、頑なに拒否することをやめた。それに一歩譲って向き合うほうが、和奏は嬉しそうにしてくれる。

「お昼、一緒に食べよう！　杉崎くん、浬くんを借りてもいい？」

浬を誘ったあと、和奏は仁嗣を見上げて、可愛らしく首を傾げた。あざとく見えそうな仕草も、和奏がやると可愛さを強調するだけになるから厄介だ。

「君さ――」

「どうぞどうぞ。煮るなり焼くなり、好きにしちゃって！」

仁嗣は浬の言葉を遮って、大きな声で応えると、スキップでもしそうな勢いで去っていった。その後ろ姿を茫然と見つめていた浬はブレザーの裾を引っ張られて、渋々、視線を戻す。

「お許しが出たね」

満面の笑みを浮かべる和奏を見下ろし、浬はもう一つ大きな溜息をついた。それを肯定と取ったのか、和奏は浬の腕を両手で抱えるようにして歩き始めた。

「いや、ちょっと、待って」

「待たなーい」

「ちゃんと一緒に行くから、離してよ」

「ダメ」

その言葉を聞き、浬は天を仰いで、肩から力を抜いた。目立つから嫌だというのもあるが、一番は身体の密着をやめてほしかったのだ。しかし、その願いすらも叶いそうにない。慣れない異性との接触は、浬にとってはある種の拷問のようである。高鳴る心臓の音が聞こえませんように、と祈るしかなかった。

その後、購買で浬のパンを買うと、二人は中庭に向かった。今では葉桜となった桜の木の下は二人の特等席のようになっており、今日も二人の他には誰も見かけない。そもそも中庭に人が来ることが少なく、目撃される可能性が低いことを喜べばいいのか、人《ひと》気《け》のないところで過ごす状況で生じる噂を憂慮すればいいのか、悩むところだ。

「さてさて、今日も美味しくいただきましょう！」

木の幹にもたれて座ると、身体が触れ合うことになる。最初の頃は離れようともがいたものの、やはりここでも離してもらえることはなく、最近ではおとなしく座るようになった。

「はいはい。いただきましょう」

浬は苦笑し、あぐらの上に置いたパンを一つ手に取った。隣で鼻歌を歌い始めた和奏は今日も弁当だ。和奏が持ってくる弁当は、いつも可愛らしく、彩りのある美味しそうなおかずがぎっしりと詰め込まれている。そこには入りきらないほどの愛情が詰まっているのだろう。まだ和奏のことをそれほど知っているわけではない浬でも、断言できるほどわかりやすい。

しばらく黙々と食べていた和奏が、不意に浬の顔を覗き込むと、花が開いたような笑顔を見せた。

「な、何。あっ」

浬が言葉に詰まった隙に、和奏は浬の持っていたコロッケパンにかじりついた。浬と比べると小さな一口だけれど、そもそも人の物に勝手にかじりつくことに開いた口が塞がらない。

「ふふ。美味しい」

「君はさぁ、本当に自由すぎるよ」

和奏は、口をへの字に曲げた浬を見つめて楽しそうに笑う。

「代わりに、このたまご焼きをあげるから」

そう言って、和奏は形の綺麗なたまご焼きを箸でつまむと、浬の口元に持ってきた。ためらいのない手元に惑わされ、浬は思わず口を開いてしまった。咀嚼《そしゃく》するたびにほどよい甘さが口の中に広がる。

「私のお母さんのたまご焼き、美味しいでしょう。私もお兄ちゃんも大好きなんだ」

「まあ、うん」

　確かに美味しいけれど、問題はそこではない。優しい風に頬を撫でられ、自分の顔が火照っていることを知った。和奏には兄がいるのか、と気にする余裕もない。

「あ、もしかして、『あーん』に照れてる？」

「て、照れてない」

「ちなみに、そのパンを食べると二回目の間接キスになるね」

　浬はぎょっとしてパンに視線を落とす。隣からはクスクスと笑い声が聞こえるが、浬は笑う気になれなかった。

「……二回目？」

「たまご焼きを食べた時が一回目」

「もう、あんまりからかわないでもらえるかな」

　うわずっている自分の声が気になったものの、浬には気持ちを落ち着かせる術がなく、和奏から目を逸らすことが精一杯だった。

「からかってないよ」

「からかってるよ。僕が困るところを見たいだけでしょう」

パンを持つ手が膝に落ちる。自分の鼓動が遠くから聞こえる笑い声をかき消してしまいそうで、無駄だとわかっていながら呼吸を止めた。

「私がしたいからしているだけだもん。浬くんと同じパンを食べてみたかったし、うちのたまご焼きを食べてほしかったの。同じものを食べるって、ちょっと特別な感じがするじゃない?」

和奏の声色から憧憬の気配を感じ、浬は慎重に視線を戻した。その瞬間、浬の意識は和奏の真っ直ぐな視線に捕らわれ、絶え間なく聞こえていた葉擦れの音が消えた気がした。微笑んでいる、もしくは楽しそうに笑っている。そう思っていた。だが、浬の予想に反し、和奏は切実さを感じさせるような目をしていた。

「どうして、そこまで……」

自分の口から出てきたのは意図しない言葉で、その声はどこか震えているようにも聞こえる。それが自分の声だと気付かないほどに。

「浬くんと共有できることは、何でもしたいんだ」

そう言って笑った和奏からは切実さは消え、穏やかな笑みを口元に乗せているだけになっていた。いつの間にか、周囲の音も戻り、止まった時間が動き出したようにも感じる。和奏の発言は何気ないものだったはずなのに、なぜここまで大袈裟に感じてしまったのかを理解できず、浬は眉間にしわを寄せた。

「誰と食べたって、味は変わらないのに」

　思わず零れてしまった言葉に、浬は慌てて唇を噛んだ。

「ごめん、違う。そんなことが言いたかったわけじゃなくて」

「大丈夫。言いたいことはわかるから。でもさ、食事って大事じゃない？　一日三回。一年で千九十五回。高校時代の食事は三千二百八十五回。たくさんあるように聞こえるかもしれないけど、そのうちで私が浬くんと食べられるのは五百回に満たないんだよ。もっと少ないかもしれない。だったら、その一回一回を大切にしたいと思うし、楽しく、美味しく食べたいって思うじゃない。そうしたら、浬くんが将来、何かを食べた時に私を思い出してくれるかもしれない」

　そう話す和奏の真剣な目を、浬は探るように見つめ返す。食事を楽しいと思ったことはない。あれは空腹を満たすもので、必要に迫られるから食事の時間を受け入れているにすぎない。家庭環境のせいかもしれないが、浬にとって、食事とはそういうものだった。

「君の言いたいことはわかったよ」

そう言ってみたものの、本当のところでは理解できていなかった。なぜ、和奏はこうも切実さを感じさせるのか。ほんのわずかな時間、考えを巡らせてみたが、すぐに自分の価値観では理解しきれないものだろうと判断し、和奏の言葉の向こう側にあるものから目を逸らした。

「もし、浬くんが誰と食べても一緒だって思っているなら、私がそれを変えるから！」

目の前に人差し指を突きつけられ、浬は目をしばたかせる。

「今でも、充分賑やかになったけどね」

思わず出た浬の言葉に、和奏は破顔し、今度は唐揚げを口元に押しつけてきた。食事を楽しいものにというよりも、餌付けに近い気がして、浬は苦笑交じりに唐揚げを口に入れる。そうすることで、満足そうに笑う和奏が目に浮かんだから。

「覚悟してよ。浬くんの食事はこれから楽しいものに変わっていくから」

「はいはい。楽しみにしてるよ」

浬はわざと素っ気ない態度で返事をした。その言葉に嘘はないが、素直に受け取るには、浬の抱えている傷が邪魔をする。

「だから、いつか教えてよ」

「え？」

「何でもなーい！」

そう言って、和奏は浬の頬をつねった。

「いひゃいよ」

「変な顔！」

声を上げて笑う和奏を眺め、浬はほんのり赤くなった頬を撫でた。赤くなったのは、つねられたからか、触れられたからか。それに答えは出したくない。そう思った。


玄関を開けると、静寂が待っている。それが、浬の幼い頃からの日常だった。『ただいま』と言って、『おかえり』と返ってきた試しはなく、いつの間にか言うことをやめていた。

浬が誰もいないリビングを抜けてキッチンに飲み物を取りに行くと、ダイニングテーブルの上に置かれた夕飯が目に入った。電子レンジで温めるだけの料理は味気なく見える。決して不味《まず》いわけじゃない。ただ、美味しく思えないだけだ。浬は料理を諦観の眼差しで一瞥すると、足早に自室へと向かった。

幼い頃から仲の悪かった両親が揃って食事をとることはなく、仕事で忙しくしている母親——麻由《まゆ》が浬を構うことも少なかった。必然的に浬は一人で食事をとることが増え、中学に入学してからはよりいっそう、一人でいる時間が増えていった。同時に、両親の喧嘩も激しくなっていき、浬が中学を卒業するのを辛うじて待っていたかのように、あっさりと離婚が決まった。

深夜に怒鳴り声で起こされることは苦痛でしかなかったし、父親に対する苛立ちを浬にぶつける麻由にも嫌気がさしていた。楽しい食事どころか、家族揃っての思い出はないに等しい。だから、離婚が決まった時も、麻由と共に家を出た時も、何の未練もなければ、溜飲が下がったわけでもない。言ってみるならば、無に近かった。

「五百回も一緒に食べられるなら、充分多くないかな」

そう思うのも仕方がない。父親と一緒にとった食事はそれよりも少なかったのだから。

「まあ、一緒に食べるのは嫌じゃないけど」

楽しいかはわからないが、賑やかであることは確かだし、和奏の言動は飽きることがない。それどころか、何をしでかすかわからないという意味では目が離せない。

「ま、期待していよう」

和奏が楽しませてくれるというのなら、拒否する理由はない。過度にならない程度に、期待していよう。浬の頬が緩み、唇は弧を描いた。それは、表情の乏しい浬には珍しい微笑であった。


季節が秋になる頃には、和奏の弁当のおかずと浬のパンを少しずつ交換するという習慣も確立していた。ただ、毎日一緒というわけでない。週に四回の時もあれば、一回の時もあるし、まったくない週もある。浬が受け身でいることがそうさせているのか、単純に和奏の気まぐれかはわからない。当然、和奏だって友人と食べることもあるだろう。そう思って、浬は深く考えないようにしていた。

「決まりね！」

不意に聞こえた声に、浬はハッと顔を上げて、隣に視線を遣った。

「もう、聞いてなかった？」

「ごめん。もう一度言ってくれる？」

口を尖らせて怒る和奏を見つめ、浬は気まずそうに首の後ろをかく。

昨夜、遅く帰ってきた麻由とちょっとした口論になったせいで、苛立ちが上手く抑えられずにあまり眠れなかった。その影響からか、今日はずっと上の空で過ごしていた。和奏と話す時くらいは気を付けようと思っていたにもかかわらず、結局、彼女の言葉を聞き逃してしまったようだ。

和奏は木の根元に置いていたランチバッグの上に弁当箱を載せると、浬のほうへ身体を向け、真剣な表情を作った。浬は覚悟が必要な話なのかと身構え、固唾《かたず》を呑んで言葉を待つ。

「だから、明後日の文化祭、一緒に回ろうねって言ったの」

「ああ、なんだ。そんなことか。うん、いいよ」

拍子抜けした浬は肩の力を抜き、和奏の提案をすんなりと受け入れてしまった。嬉しそうに弁当箱をランチバッグに入れる和奏を眺めながら、ぼんやりしていたせいで、大きな失敗に気付かず、文化祭当日になって初めて、事の重大さに気付いたのだった。

文化祭当日は、空の半分がひつじ雲に覆われた穏やかな日となった。何日も前から、学校全体が浮き立った空気に包まれ、至る所から楽しそうな笑い声が聞こえてくる。そんな日々を、浬はなんとなく流されて過ごしてきた。皆のように心から楽しく思えるわけでもなく、つまらないというほど積極的な負の感情もない。皆が、いや誰よりも和奏が楽しそうにしているから、場を白けさせない程度に楽しそうに振る舞う。浬は相変わらずそんな人間だった。

「浬くん、今日の約束、覚えてるよね？」

朝、浬が自分の教室の前で『着ぐるみカフェ』の看板の位置のズレを直していると、背後から弾んだ声が聞こえてきた。顔を確認するまでもない。

「覚えているよ。君の当番が十一時まで。僕の当番が十三時から。だから、十一時になったら、君を教室まで迎えに行く。でしょう？」

そう言って、浬は看板が正しく設置できたことを確認してから、振り向いた。そこには少し照れくさそうな笑みを浮かべて、後れ毛を指で遊ばせている和奏が立っていた。すぐにその表情の意味に気付けたのは、なぜか浬まで照れくさく感じたからだ。

「今日は、髪を結んでるんだね」

和奏は普段、セミロングの茶色の髪を無造作に下ろしているのだが、今日は一つに結んでいる。いつもと違う。それだけで、こんなにも鼓動は乱れるものだろうか。しかし、浬は冷静を装い、こっそり深呼吸をする。

「似合ってる？　可愛い？」

和奏が一歩近づき、下から期待の視線をぶつけてきた。浬は言葉に詰まり、一歩下がる。すると、直したはずの看板が背後でガタンと音を立てた。頭の中に大きくズレた看板が浮かんで気になったが、それよりも大きな壁を前に、何度も唾を飲み込む。

「ねえ、浬くん」

和奏が返事を催促するように見つめてくるため、浬は慌てて口を開いた。

「可愛い。似合ってる」

「本当にそう思ってる？」

探るような視線を向けられ、浬はコクコクと何度も頷いた。

「思ってる」

浬も自分の言葉に感情が乗っていないことがわかった。

(だって、仕方ないじゃないか！)

女の子に向かって『可愛い』だなんて、生まれて初めて口にしたのだ。頼むから、これで満足してくれ、と目で訴える。すると、その願いが届いたのか、妥協してくれたのか、和奏はしばらく浬を見つめたあと、ふっと表情を緩めた。

「約束も覚えていてくれたみたいだし、可愛いって言ってくれたし、とりあえず満足しておいてあげる。じゃあ、またあとでね！」

「妥協してくれたのか……」

浬は思わずつぶやき、肩を落とした。鈍くて気の利かない自分でも、いつか女の子の扱いに慣れるのだろうかという不安が過《よぎ》り、仁嗣に肩を叩かれるまでの間、窓から見える空を眺めていた。

浬は和奏を呼びに行くまでの時間を仁嗣と回ることにした。仁嗣も浬と同じ時間に当番が割り当てられている。浬はうさぎの着ぐるみ、仁嗣はかえるの着ぐるみを着ることが決まっていて、これは選択の余地のない決定事項だった。

人で賑わう廊下を歩きながら、仁嗣が隣でぶつぶつと文句を言っている。よく耳を澄ませると、着ぐるみに対する文句だとわかった。

「まあ、着ぐるみは着ちゃえば、誰かわからないから」

「そうかもしれん。だけど、どうしてお前が可愛いうさぎで、俺が変なかえるなんだよ！　いや、そもそも普通のカフェで良くないか？　どうして、わざわざ着ぐるみを着なきゃいけないんだよ」

　それに関しては浬も疑問に思うが、決まってしまったものは仕方がない。それに、着ぐるみ係はただ賑やかしにウロウロして、時折、写真撮影に応じればいいだけで、給仕や飲食の準備よりも断然マシだ。

「かえるもいい味しているって」

「他人事だと思って！　お前は可愛いからいいよ。俺のかえるだけ、どうしてあんなに微妙なんだ。誰だ、あれをレンタルしてきた奴は！」

「片岡《かたおか》さんだよ」

　憤慨している仁嗣にクラスで一番怖い女子の名前を告げてやると、うっと呻き声を上げ、大袈裟に壁に寄りかかった。わかってるよ、言うなよ、という言葉が小さく聞こえ、浬は思わず噴き出してしまった。そんなやりとりが楽しく思えたのは、浬も自覚のないところで浮かれていたからなのかもしれない。

　二人が回った場所は、だいたい仁嗣の友達がいるクラスで、仁嗣が友人と楽しそうに話したりからったりしているのを、浬がぼんやりと眺める、といった時間が流れていった。

そうして約束の時間になり、今度は浬が仁嗣にからかわれたあと、和奏のクラスに向かった。

和奏のクラスでは縁日が行われていた。教室を覗き込むと、ちょうど和奏がクラスメイトと射的の係を交代しているところだった。客足は上々のようで、少し待っている人がいるほどの賑わいを見せている。ただ、浬には数人の男子生徒の視線が目についた。こちらに向かって歩く和奏を目で追う様子がありありと見てとれたのだ。その瞬間、浬の中に黒い靄《もや》が立ち上った。それがいったいどこから湧いてきたものなのかもわからないし、その正体もわからない。それでも、浬にとって不快な『何か』であることは確かだった。しかし、その靄はあまり長くは存在しなかった。

「浬くん！」

和奏のその声で、あっという間に消えてしまったから。浬は笑顔でやってくる和奏を見たあと、すぐに先ほどの男子生徒に視線を遣った。すでに目を逸らしている者と、残念そうな表情をした者、さまざまな反応を確認し、また和奏に視線を戻した。

「いいタイミングだったみたいだね」

目の前にたどり着いた和奏を見下ろし、反応を窺う。本当に、和奏はこんな平凡でつまらない人間と、一大イベントの文化祭を回りたいのだろうか。それが、和奏の得になるのだろうか。むしろ、マイナスになるのでは。和奏の隣にいるのが自分では、和奏の印象も悪くなるのでは。和奏を見ていた男子生徒の中にはイケメンもいた。そっちじゃなくていいのだろうか。そんな薄黒い思考が脳を占めていく。

「完璧！　浬くん、本当は嫌なのかもって思っていたけど、楽しみにしていてくれたみたいで良かった」

そう言って、和奏は苦笑を零す。意外だった。和奏はいつも強引で、浬の答えを待たずにどんどん突き進んでいくから、浬の気持ちなんてお構いなしなんだと思っていた。これまで誤解していたことを申し訳なく思い、それと同時に顔が熱くなっていくのを感じた。

「べ、別に。ほ、ほら、行くよ。時間なくなるんじゃない？」

浬が廊下に出ようとした瞬間、隣から聞こえた「ツンデレだ」という言葉に、思わずドアに額を打ちつける。ゴンという音に数人が振り返り、そのうちの何人かから微笑ましいものを見る目を向けられる。そこに、更なる強烈な一撃が飛んできた。

「可愛い」

（誰がだ……！）

思わず叫びたくなったが、奥歯を噛んで堪えた。ここで反応しては、和奏のからかいを助長することになりかねない。

「もう、いいから行こう」

たび重なる慣れない攻撃にパニックになっていた浬が、無意識に和奏の手を引いていることに気付いたのはタピオカジュース屋の前に着いた時のことだった。

「浬くん、何にする？」

「……どれが甘くないかな？」

甘いものが全く駄目というわけではないが、メニューに並んでいる写真を見る限り、慎重に選んだほうが良さそうだ。

「ストレートのアイスティーなら無糖ですよ」

和奏の返事よりも先に、タピオカを売っている女子生徒が答えをくれた。その子の視線がちらりと動いたことに気付き、浬もその視線の先に目を向けて、「あっ」と声を上げた。それから、繋いだ手に火が付いたように、思わず小さな手を振り解いた。

「あーあ」

残念そうな和奏の声に、顔を跳ね上げる。

「言ってよ。手を繋いでるって」

「言ったら、絶対に離していたでしょ？　そんなの嫌だもん」

「だもん、って」

浬は全身から力が抜けそうだった。そうだ、和奏はこういう子だった。しかし、浬はここに来るまでに何人の生徒に見られたかを考えて、気にしてしまう人間だ。もしかしたら、皆も文化祭に夢中で他人のことなんて見ていないかもしれないというささやかな期待を持って、周囲を見回してみた。そうして、浬は絶望した。

「皆、羨ましそうだったね」

「もう、何も言わないで」

これ以上、追い打ちをかけられたら登校を拒否したくなるだろう。浬は大きな溜息をついたが、それすらも和奏には楽しいのかコロコロと笑った。

目立つ容姿の和奏が男と手を繋いで、文化祭を回る。それがどういう誤解を生むのか、鈍感な浬にも想像がつく。隣から聞こえる和奏の声は暢気《のんき》に、タピオカアイスティーとタピオカミルクティーを注文している。また一つ、大きな溜息をつき、自分の武骨な右手を見下ろした。

「相変わらず……」

「ん？　何か言った？」

「いや、何でもない。注文、ありがとう。あと、さっきはごめん。手、痛くなかった？」

手が冷たい。そんな言葉を飲み込み、浬は眉尻を下げた。一応、微笑んだつもりであるが、不器用な浬には笑顔を作るなんて高等な技術など存在しない。今も情けない表情になっただけで、それを嬉しそうに見つめる和奏が変わり者だとしか思えない。

「大丈夫だよ。残念だっただけ」

浬は不安に思いながら、和奏の表情を観察した。そこに痛みを堪えている様子は見られず、残念だと言いながらも、笑顔を見せている様子から、ようやくホッと息を吐いた。

タピオカアイスティーを飲みながら、二人は校内をゆっくりと回った。今度は当然、手繋ぎなしだ。それに対し、不満を漏らすかと思ったが、和奏は意外とあっさりとしていた。それよりも、文化祭を存分に楽しんでいるようで、目をキラキラさせて、あちらこちらへと吸い寄せられていく。目を離すと、逸れてしまいそうで、いっそ手を繋いでいたほうが良かったのではと思わされるほどだった。それが、なんだか楽しく感じる自分がいるし、手の中にあるタピオカは味がしないのに、なぜか美味しく感じるしで、とにかく不思議な時間であった。

そうして、行き着いたところはお化け屋敷だった。これは嫌な予感がする。そう思い、和奏の顔色を窺うように覗き込むと、そこには浬の予想していなかった複雑な表情があった。

「行きたいの？」

「ううん、行かない」

「立ち止まるから、てっきり、行きたいのかと思った」

怖いものは苦手ではないが、驚かされるのが好きではないため、お化け屋敷に入らないのは有難い。しかし、こういったイベントにはお化け屋敷が付き物で、和奏も例に漏れず楽しむタイプだと思っていたので、少し意外ではある。

「だって、驚いた瞬間に心臓が止まっちゃうかもしれないじゃない」

それを聞いた浬は、思わず声を出して笑った。

「それは比喩でしょう？」

「そう、比喩だよ。何言ってるの？」

「いやいや、こっちの台詞だよ」

和奏の声はいつもと変わらないのに、俯《うつむ》き気味の横顔からは感情が読み取れず、茶化そうと思っていた口は自然と閉じてしまった。まただ。何かを隠している。何かを抱えている。そう思わされる瞬間――。

「ねえ、君は」

「浬くん、私、行きたいところがあるの！」

勢いよく言葉を遮られた浬は、すぐに返事ができなかった。和奏が泣いているような気がしたから。

「あのさ」

「ほらほら、行くよ！　浬くんの当番の時間になっちゃう」

和奏が浬の袖を引っ張り、歩き始めてしまった。

斜め前を歩く和奏の表情は見えない。ここで浬が強引に引けば、力では勝てない和奏を止めることはできるだろう。それから、これまで幾度となく抱いてきた疑問をぶつければいい。いつも強引に浬のテリトリーに入り込んでくるのだから、今度は浬が強引に踏み込めばいい。そう思うのに、踏み込む勇気がない。怖いのだ。人と深く関わったことのない湮に、和奏の抱えているものを受け止めることができるのか、と。それがどんな内容で、どれほどの重みがあるものなのかはわからない。湮が心配するほど、大きなものではないのかもしれない。だけれど、もし、湮には抱え切れないものだとしたら、聞き出した責任を取れないかもしれない。そう思うと、怖くて、和奏の正面に立って問うことができなくなる。

和奏が行きたいと言って連れていったのは、コスプレをしたツーショット写真を撮ってもらえるという教室で、気が遠くなりかけたのはいい思い出と言っていいのか、判断に迷うところだった。

文化祭は大きなトラブルもなく終わり、湮は閑散とした教室から後夜祭で盛り上がっているグラウンドを眺めながら、今日一日の事を思い起こしていた。一緒に飲んだタピオカアイスティーに、分け合って食べたたこ焼き。半分こして食べたバナナクレープは形がヘンテコで、思わず二人で笑った。

「確かに、一緒に食べるのは美味しくて楽しかったし、なんだかふわふわしたものに心が包まれるような感じがしたな」

　浬の言葉は片付けられていない雑然とした教室内で、虚しく溶けていく。

　浬が当番を終える頃には、学校全体が後夜祭へと動き始めていた。人の動きもさることながら、普段とは違う夜の学校を心待ちにする気持ちが、校内の空気を動かしているようだった。浬はそんな雰囲気に馴染めず、翌日に行うはずの片付けを、一人で始める始末だ。

　後夜祭に特別な思いはなかったし、和奏から誘われていないことを疑問にも思わなかったが、身の置き場のなくなった浬がふらっと和奏のクラスにたどり着いた時、ようやく疑問を抱くことになった。

　和奏は帰った。

「一緒に楽しむことを僕に教えてくれた本人が、後夜祭前に帰るって、どういうこと?」

　何かを期待したわけではない。誘われていないし、約束もしていない。だから、一緒に参加することはない。そんなことはわかっているのに、あの和奏なら後夜祭も思う存分、楽しむものだと思っていたものだから、帰ったと聞かされて、釈然としない思いを抱かざるを得ない。

「初めから帰るつもりで、誘ってこなかったのか。それとも……」

本当は帰っていなくて、後夜祭を一緒に過ごしたい人が他にいた。そういう可能性もあるのではないか。そう考え始めたら、悪い考えばかりが頭を占め、遠くから聞こえる楽し気な声に不満をぶつけてしまいそうだった。

こうして文化祭は、浬の心に綿あめのような甘い色に薄墨を垂らしたような染みを残して終わった。

第三章「マリーゴールド」

窓から射し込む陽射しを避けるように、浬は手をかざして、目元に影を作った。季節は巡り、二年生の夏休みを目前としていた。和奏とは二年生でも同じクラスになることはなかったものの、和奏に振り回される日々に変わりはない。それが嫌ではないことは確かだが、相変わらず、和奏の心の中までは読めないままでいる。

「もうすぐ夏休みか」

「早く休みになってほしい。そうじゃないと、身体が溶ける。あ、浬の彼女、発見！」

仁嗣が指さしたほうへ目を遣ると、廊下の突き当りで窓の外を眺めている和奏がいた。

それはいいのだが、聞き流せない大きな間違いがある。和奏と浬に交際している事実はないのだ。それを仁嗣もわかっていて、こうしてからかってくる。浬は顔をしかめ、仁嗣を睨みつけた。

「違うって、わかっているくせに」

「逆に聞きたい。それだけ仲がいいのに、なんで付き合わないの？」

「仲はいいかもしれないけど、どちらかと言うと、僕が一方的に遊ばれているんだよ」

クラスの違う男女がじゃれ合っていたら噂になるのも頷ける。しょっちゅう一緒にいるし、決定打となったのは、昨年度の文化祭だ。手を繋いで回っているところを大勢の生徒に目撃され、確定事項のように、二人は恋人認定を受けてしまった。当の本人たちの気持ちなどお構いなしに。

「須藤さんは絶対に浬のことが好きだよ」

「そうは思えないけど」

浬に恋愛経験がないせいで、その辺りの判断ができないだけなのだろうか。そもそも、浬にも噂が聞こえてくるということは、和奏にだって届いているはず。それなのに、和奏の態度は良くも悪くも変わらない。だから、浬としても態度を変えることもできないし、友達としてそぐわない言葉も口にできない。とはいえ、浬自身が恋人関係を意識した言動を取れるとも思えない。

「じゃあ、もし須藤さんがお前のことを好きだったら、どうする？　付き合う？」

「ありえないって」

「どうして、そこまで否定するんだよ。須藤さんに失礼だろ」

「そういうつもりじゃないけど……」

浬にとって、恋愛はあまり信用できるものでも、羨むものでもない。不仲だった両親をずっと見てきたせいで、愛やら恋やらに対して、冷めた考えを持っていることは否定しない。彼女を積極的に作りたいと思わないのも、おそらく両親のせいだろう。好きな人ができて、彼女になって、いずれ結婚して、その先に憎しみと離婚が待っている。そう考えると、恋愛が馬鹿々々しく思えてしまうのだ。

「じゃあ、浬はどう思っているんだよ」

「どうも思っていないよ」

和奏のことは危なっかしくて、放っておけない。いつも笑顔で楽しそうにしているし、友達ともそれなりに仲良くしていることは知っている。特に、浬をからかう時なんかは非常に楽しそうである。だけど、ふとした瞬間に見せる翳《かげ》が差したような表情が、浬の脳裏にこびりついて離れてくれない。

楽しそうにしているくせに、学校は休みがちのようだし、来ても授業をサボることもあると聞く。これは噂で聞いた話であるため、どのくらいの頻度で休んでいるのか、サボっているのかまではわからない。ただ、昼休みに呼びに来ない日を休みかサボりでカウントするなら、最近、頻度が増している。

浬は歩きながら、和奏を観察するように見つめた。窓の外にはグラウンドがあって、視線はそちらを向いている。相変わらず色白の横顔からは感情が読み取れず、そのせいで無性に心配になってくる。しかし、これは誰かに言ってわかってもらえる話ではない気がして、浬は仁嗣にすら話したことがなかった。

「そう言ってると、告白された時に慌てることになるぞ」

「考えても無駄だって」

そんな話をしているうちに、浬は和奏の元にたどり着いた。いつもはすぐに浬に気付いて、和奏のほうから声をかけてくるのに、一向に気付く様子がない。浬は立ち止まり、和奏の背後から彼女の視線の先を確認した。

和奏がグラウンドを見ていることに間違いはなかった。グラウンドでは体育の準備をしている生徒たちが楽しそうにはしゃいでおり、暑さに弱い浬は、見ているだけで疲れてしまう。まったく羨ましいとは思えない光景を、和奏は物欲しそうな目でじっと見下ろしていた。

「ここは暑いよ」

浬はなんとなく無視できず、和奏の隣に立って、同じように外に目を向けた。自分の声に心配の色が潜んでいたことが気恥ずかしくて、浬は頬をかく。視線を泳がせた先で、仁嗣が手をヒラヒラさせながら去っていくのが見え、心の中で盛大な溜息をついた。後からまたからかわれるだろう。

「あ、浬くんだ。今日はいちだんと暑いのに、皆は元気だね」

振り向いた和奏の表情は柔らかく、唇が緩く弧を描いている。どんな表情をしているのか心配だったが、考えすぎだったのかもしれないと、浬は胸を撫で下ろす。

「僕は暑くて元気ないけどね」

「私は元気だよ。夏は好きだもん。花火は綺麗だし、お祭りも楽しい。皆で暑いって言いながら、学校帰りに寄り道してかき氷を食べるのとか、最高じゃない？」

和奏の瞳がキラキラと輝く。それから、和奏は両手で頬を覆って、妄想に浸るかのように目を閉じた。目の下に睫毛の影ができ、いつもは白い頬がほんのり桃色へと変わる。

女の子のことに疎い浬から見ても、和奏は顔つきが整っていて、小柄ながらもスタイルがいいことはわかる。浬はもう少し太ったほうがいいと思うが、以前、和奏に素直に伝えたら、無言の拳が脇腹に飛んできた。華奢な手首が折れたんじゃないかと本気で心配するような威力だったが、当の本人は浬に対しての怒りで痛みを感じなかったらしい。

「僕も夏が嫌いだとは言ってないよ。暑いのが苦手なだけ」

「中学ではサッカーをやっていたんでしょ？　どうやって暑い中、練習に耐えていたの？」

和奏の大きな目が浬の目を真っ直ぐに射貫《いぬ》く。本人には自覚がないようだが、相変わらず和奏の上目遣いは危険である。浬はそっと目を逸らし、逃げるようにグラウンドに目を向けた。

「あの頃は無我夢中だったというか。身体を壊そうが、辛かろうが、どうでも良かったし」

辛さを忘れるほど、夢中でサッカーをしていた。そう言えば聞こえはいいが、要するに現実逃避していただけだ。

「そっか。わざと、自分を窮地に追いやりたくなる時もあるよね」

和奏のか細い声に、浬はハッとして横を見た。和奏の視線は相変わらずグラウンドに向いている。

「君も……」

「私さ、屋上からグラウンドを眺めるのが好きなんだよね！」

唐突な言葉に、浬は首を傾げた。

「屋上？」

「そう！　見晴らしが良くて、空が近くて好き」

和奏の声は楽しそうで、浬も屋上を想像してみた。これまで行ったことはなかったが、見晴らしの良さはイメージできる。それよりも、和奏が屋上からの眺めを好きだということを初めて知り、少し面白くないと思った。

「桜の木の下だけじゃなかったんだ……」

「なに？」

浬は自分のつぶやきに驚き、咄嗟に和奏から視線を逸らす。何が面白くなかったのか。その答えが見つかってしまいそうな気がして、胸の奥がぞわぞわした。

「屋上にはよく行くの？」

「うん。無性に行きたくなる時があるかな」

「きれいだから？」

窓の向こうに見える空は快晴で、太陽の存在感が夏を強く感じさせる。

「自由になれる気がするから」

その声は少し震えている気がした。漠然とした焦燥感を抱いた浬は、彼女の顔を覗き込もうとして、窓ガラスに頭をぶつけた。

「いてっ」

「浬くんって落ち着いていそうで、意外とドジだよね」

「いや、これは、たまたまで。それよりも――」

「痛いの痛いの、飛んでいけ」

言いようのない不安は確かめるよりも先に、和奏に打ち消されてしまう。和奏は陰りの欠片《かけら》も見つけられないような笑顔で、浬の額に手を伸ばし、そっと触れた。

「子ども扱いしないでもらえるかな」

「こんなところにぶつけるなんて、ドジな人か、子どもだけだもん。ドジを否定するなら、子どもってことでしょう？」

和奏はクスクスと笑いながら、なおも浬の額を撫でている。そうされるのが嫌なのだから、和奏の手なんて払いのけてしまえばいいのに、なぜか和奏の好きなようにさせてしまう。

「また噂されちゃうね」

「わかっているなら、やめてよ」

「やめないよ。だって、浬くんって、私が触ると真っ赤になるんだもん。可愛くてやめられない！」

「暑いからだって！」

浬が真っ赤な顔で叫ぶと、数人がこちらを振り向き、ひそひそと何かを囁きながら足早に去って行った。

「自分で噂を広げちゃったね」

和奏は楽しそうに笑い、浬の前髪を指で梳《と》かす。浬は払いのけようとして、結局、ほっそりとした手首に優しく触れて止めることしかできなかった。和奏は浬に触れられた手に視線を遣り、何度か擦った。

「ごめん、痛かった？」

慌てた浬は和奏の手をそっと握り、赤くなったところがないか、よく観察した。相変わらずヒンヤリとしていて、夏だとは思えないほど、透き通るような白さだ。しかし、心配したような赤みは見つけられず、浬は探るように和奏を見下ろした。

「大丈夫。どこも痛くないよ。浬くんの手は温かくて、優しいなと思っただけ。この手、好きだな」

最後の言葉には大した意味もなかったのだろう。和奏は何事もなかったかのように、不意に浬から離れ、満面の笑みを浮かべると、大きく手を振る。

「じゃあね！」

浬は握っていたはずの手が突然消えてしまったことも、あっという間に去って行ったことも理解できず、ただ中途半端な手をゆっくり下ろすことしかできなかった。

「……猫じゃん」

気まぐれで、懐いたかと思ったら、あっさりとすり抜けていく。笑顔も物憂げな表情も見せるのに、心の中までは見せてくれない。グラウンドを眺めていた時の掴めない感情や自由を求める真意を知りたかったのに、結局、今日も和奏のことを理解するには至らなかった。

*

学校が夏休みに入ると、浬は過ぎていく日々を流されるままに過ごした。部活も入っていないし、アルバイトは学校が禁止している。一応、進学校ではあるから、勉強をしなさいということだろうけれど、アルバイトをしないからと言って勉強するとは限らない。

まだ二年生なのに、もう塾で勉強漬けだという人もいるようだが、浬にはそこまでの意欲はなく、なんとなく、どこかの大学には行っておこうかという程度である。

和奏とは、あのグラウンドを眺めていた日以降、会わずに休みに入ってしまった。それどころか、二人は連絡先を交換していないため、こうして長期の休みに入ると、どこで誰と何をしているのか、まったく知ることができなくなる。だから、和奏の置かれている状況を知る由はなく、知ろうとしなかったことを後悔した時には、行き着くところまで行ってしまっていた。

九月一日の朝日は、夏休みの間、引きこもり気味だった浬には過酷なものだった。体力も落ちているのだろう。学校の最寄り駅から学校までの徒歩十分が非常に苦痛で、すぐにでも回れ右をして帰りたい気持ちでいっぱいだった。

「浬、おはよう！」

重たい足に気を取られていた浬は背後から肩を叩かれ、危うく躓《つまず》きそうになった。浬の返事よりも先に隣に並んだ仁嗣を睨み、大きく息を吐く。

「おはよう。元気だね」

「夏休みは彼女と毎日会うわけにはいかないじゃん？　学校が始まれば、毎日会えるからね！」

浬は大袈裟に顔をしかめ、仕返しにと仁嗣の背中を叩く。ごほっと咳き込む音が聞こえたから、期待した効果は得られたのだろう。

仁嗣の彼女は一年生で、仁嗣が所属しているバスケットボール部のマネージャーをしている。仁嗣はバスケが上手く、一年生の頃からレギュラー入りしていたのだから、その実力は確かだ。浬も彼女に会ったことがあるが、小柄で可愛らしい雰囲気の子だった。

「幸せいっぱいな仁嗣は宿題も完璧で、もうすぐある定期テストも完璧だということだね」

「それは言うなって」

「どっちが不味《まず》いの？」

「どっちも」

そう言って、仁嗣は大きな声で笑い、人々の注目を集めた。目立ちたくない浬にとっては迷惑な状況だ。しかし、仁嗣と行動を共にしていると何かと目立ってしまい、それだけは仁嗣と友人になったことを後悔しそうになる。

「宿題は見せないよ」

「そこを！　何卒！」

「駄目。思う存分、彼女といちゃつけばいいんだ」

浬はわざと怒った口調で言い捨てると、歩く速度を上げた。もちろん、現役運動部である仁嗣がすぐに追いつくことはわかっているが、意思表示は大切である。現に、後ろから謝罪やら懇願やらの言葉が飛んでくるから、浬の意思は伝わっているのだ。

その後、隣に並んだ仁嗣と校門を潜《くぐ》った。久しぶりの再会に盛り上がる生徒たちを尻目に、浬は知り合いの顔を見かけたら、軽く挨拶する程度で靴箱を目指す。

校舎内に入ってしまうと、混雑状況も悪化した。後ろの生徒の鞄が背中にぶつかり、隣にいた同じクラスの生徒の肘が脇腹をかすめる。外の微かな風でも有難かったのだと気付いたのは、額に滲んでいた汗が流れた時だった。手の甲で汗を拭う。廊下まで出てしまえば、身体に籠《こ》もった熱は多少逃げていくだろう。

浬は靴箱の扉を開け、すぐに勢いよく閉めた。思ったよりも強かったのか、大きな音が玄関に響く。

「どうした？」

声が聞こえたほうへ視線を遣ると、上靴を履くために屈んでいた仁嗣が驚いた顔で見上げていた。

「いや、何でもない」

心臓がバクバクと暴れているが、顔には出すまいと必死に表情を消す。それが上手くいったのか、仁嗣の意識は別の生徒に移ったようだ。浬はそれを確認し、恐る恐る靴箱の扉を開いた。始業式の今日は上靴が入っておらず、空のはず。なのに、見たことのない一通の封筒が入れられていた。封筒には自分の名前が書かれている。浬は素早く封筒を鞄に押し込み、靴を履き替えた。

靴箱にラブレターなんて、よくある話だ。しかし、そんな少女漫画のような出来事が自分に起こったのかと思うと、信じられない気持ちが強くなる。落とすはずもないのに、なぜか、鞄を握る手にも力が入ってしまう。差出人は誰だろうか。何が書かれているのだろうか。

「もし」

思わず口にしそうになった名前を、浬は慌てて飲み込んだ。仁嗣が夏休み前に変なことを言うから、妙に意識してしまっただけだ。

「勘違いはしないから」

浬は誰に聞かせるわけでもない言葉をつぶやき、きゅっと唇を噛んだ。動揺しすぎて、先ほどから挙動不審になっている。それが浬にも自覚できるので、より狼狽してしまう。

朝のホームルームが終わり、地理の授業が始まった。手紙を見たい気持ちを抑えていたが、ようやく邪魔されずに読むことができる。浬は音を立てないように気を付けながら、ノートの上で封筒を開いた。その中には一言だけ書かれた薄紅色の便箋が一枚と、和紙でできた一片の桜の花びらが入っていた。

『好きでした』

便箋を隅々まで見たが、他に文字は見つけられず、あぶり出しのような仕掛けも見当たらない。差出人どころか、呼び出すような言葉もない。応えようがないと思ったが、そもそもそういう問題ではないのかもしれない。

（……なんで過去形？）

好きだったけれど、もう好きではない。それなら、何のためのラブレターかわからない。今も好きで、返事や関係の変化を望んでいるのなら、名前を書くなり、会うための約束なりを記すだろう。浬を好きだったことは伝わったが、どうしたいのか、どうしてほしいのか、何もわからない。この想いをどう受け取ればいいのか、答えは見つけられそうにもなかった。

一緒に入れられていた花びらには、言葉以上の意味が込められている気がして、浬は掌に載せて観察してみた。和紙でできているからか、本物の花びらよりも和風の趣きが色濃くなっている。載せていることも忘れそうなほどの軽さは、ふっと息を掛ければ遠くまで飛んでいってしまいそうだ。そんな光景を想像したからだろうか。浬の中で、入学式の日の光景が蘇った。

初めて美しいと思った桜と空は、和奏が浬にもたらしたものだ。もしかしたら本当に、この手紙は和奏からのものなのかもしれない。そう思って、浬は小さく首を振った。和奏なら、直接言ってくると思ったのだ。気まぐれなところはあるが、こんな意味深長で一方的な手紙を書くとは思えない。

浬は答えの出てこない疑問をいったん封印することにし、手紙と花びらを封筒に戻した。誰かにからかわれたのかもしれない。だが、それにしてはとても丁寧に文字が書かれていて、ふざけた印象は受けなかった。告白してくれるのなら、現在進行形の時にしてもらいたかったなと思う。それなら、浬にも返事をする余地があったのだから。どんな返事になったかは、浬自身が一番よくわかっているのだけれど。

浬は教壇で資源と産業について話している教師をぼんやりと眺め、癖のようにシャープペンシルをくるりと指で回した。黒板の様子からすると、ずいぶんと授業は進んでいるようだ。浬は過去からのラブレターの存在は忘れ、授業に集中することにした。

九月二日。今日も変わらずの暑さに降参したくなりながらも、真面目に登校した浬は、机に教科書を仕舞おうとして、引っ掛かりを覚えた。手を入れて探ってみると、机の奥から手紙が出てきた。その途端、浬は息を呑んだ。昨日とまったく同じ封筒が手の中にあるのを見て、昨日の手紙の置き忘れを疑ったが、確かに持ち帰った記憶があるのだから、これは別の手紙だということになる。

我に返った浬は慌てて周囲を見回した。クラスメイトの半分ほどが登校していて、女子は十名ほどしかいない。それも数か所でグループになって会話をしている子が大半だった。数名はそれぞれの席に座っているが、教科書を仕舞っている子や本を読んでいる子がいるくらいで、特に普段と変わった様子は見受けられない。

その中に平静を装って、浬の反応を見ている子がいる可能性もある。悪いものではないはずなのに、疑心暗鬼になっている自分に苦笑し、手紙に視線を落とした。封筒は軽い力で開けることができた。中からは予想通り、一枚の薄紅色の便箋と桜の花びらが出てきて、複雑な心境になる。浬は桜の花びらを机に置くと、恐る恐る手紙を開いた。

『優しい声が好きでした』

浬は無意識に止めていた息を吐き、机に突っ伏す。言葉が増えた。それはいいことなのだろうけど、今回も過去形である。二日も連続でラブレターを送るなんて聞いたことがない。浬は頭の中で、見知らぬ誰かを問い詰める想像をしたが、想像力の欠如のせいか、情報が少なすぎるせいか、その想像が上手くいくことはなく、却ってストレスが溜まってしまった。

浬は大きな溜息をつくと、ゆっくり身体を起こし、力なく背もたれに体重を預ける。年季の入った椅子が軋《きし》み、浬の脳を引っかいた。そもそも同じクラスとは限らないし、学年だって違うかもしれない。男子の可能性だってあるのだ。そこに偏見はない。

「せめて、何かヒントを残してよ」

今回増えた情報は『声』だが、この書き方だと話したことがあるのか、聞いたことがあるだけなのかは判断できない。浬は女友達がいないに等しいから、挨拶以外で会話したとなると、候補は絞られる。

「浬。今日は早いな」

いつの間にか、ぼんやりとしていた浬の前に仁嗣が立っており、不思議そうな顔で浬を見下ろしていた。

「おはよう。なんとなくね」

浬自身も明確な理由があって早めに登校したわけではないが、やはり手紙のことが気になっているせいではないかと思っている。ますます謎が深まってしまったのだけれど。

「これは？」

仁嗣が手を伸ばした先に例の手紙があることに気付き、浬は慌てて掴み、机の中に押し込んだ。

「え、なに、もしかして」

「果たし状だった」

「は？」

浬は頭を抱えたくなった。他にもごまかし方があったはずなのに、どうして果たし状だなんて言ってしまったのだろうか。いつも怪しいくらい笑顔しか見せない仁嗣の表情が怪訝《けげん》なものになり、探るように浬の目を見つめている。

「だから、そんな感じのものだったから、たいしたものじゃ――」

「いや、果たし状だったら一大事だろう！」

（確かに！）

逆の立場なら、仁嗣のことが心配で詳しく聞き出そうとしたはずだ。

「いや、果たし状でもなかった」

「意味がわからん」

「僕もわからない。ごめん。本当に大丈夫だから。今は上手く説明できる気がしないから、ちょっと待ってて」

浬は両手を机に置くと、机にぶつけそうな勢いで頭を下げた。仁嗣は、普段ふざけてばかりの男だが、友人の危機には黙っていないところがある。その上、勢いも行動力もあるから、相談しようものなら、大事《おおごと》になってしまうのは目に見える。

「まあ、浬がそう言うなら待つけど。何かあったら、絶対に相談しろよ！　それを約束するなら、今は何も聞かない」

返事までに間があったものの、仁嗣の言葉に安堵し、勢いよく顔を上げた。

「ありがとう。約束する」

仁嗣は苦笑いを浮かべているが、浬はすっきりとした笑顔を見せる。何も解決していないけれど、相談に乗ってくれる人がいるだけでも心強いものだ。この手紙で今回の件は終わりなのかもしれない。差出人が誰かもわからないままになる可能性もある。その時は、笑い話にして聞いてもらうとしよう。

　ホームルームが始まるまで、二人は取り留めのない話をして過ごした。この日は休み時間ごとに接触があるかもしれないと構えていたが、すべて無駄になり、放課後も教室に最後まで残ってみたものの、やはり無意味なものになってしまった。


　浬は下校の道すがら、道路を見つめて歩きながら考えに耽った。浬のモヤモヤした気持ちを解消するには、和奏に聞きに行くべきだということはわかっている。自分の思考と感情をいろいろと考察した結果、差出人が誰かだなんてたいして問題ではなく、和奏かどうかだけが重要に思えたのだ。

　和奏でなければ、誰であっても、浬にとっては同じである。それよりも、和奏であった場合、どうしてこんなにも回りくどいことをしたのかを聞きたいし、和奏の気持ちも確認したい。何よりどうして、手紙をくれるのが『今』なのか、文面が過去形なのかが気になる。

そこまでわかっているのに行動しなかった理由は単純だ。浬に勇気がないから。偶然にでも会えれば、探れるかもしれない。そう思って、浬は首を振った。不器用な浬はストレートに聞くことしかできないだろう。

「意気地なしだな……」

浬は低い声でつぶやき、自嘲するような乾いた息を零した。

九月三日。この日の朝は靴箱でも机でも手紙を見つけることはなく、安心したような落胆したような煩雑な気持ちになった。そうして、ロッカーで見つけた時は妙な声が漏れてしまい、仁嗣を驚かせたのは笑い話だ。

三通目の手紙に書かれた言葉は、浬を無性に面映ゆい気持ちにさせるものだった。

『穏やかな目が好きでした』

クラスメイト全員が化学室へ移動したのを待ってから読んで良かった。浬は赤くなった顔を両手で覆って隠す。穏やかな目なんて、誰かに向けた覚えはない。それでも、この人がそう感じたのなら無意識だということ。これほど照れくさいことがあるだろうか。

「こんなにも見てくれているのなら、どうして名乗らないんだろう」

ここまで来ると、差出人の想いは軽いものではないように思えてくる。それなのに、まるで想いを終わりにするための手紙を見せられているようで、このちぐはぐな行動を理解できなかった。

クラスメイトの様子には気を付けているが、他のクラス、ましてや他学年に至っては気を付けようがない。しかし、少なくともクラスメイトには疑わしい人はいないようだった。この手紙にもいつか終わりは来るのだろうけど、それを望んでいないことを自覚し始めていた。

九月四日。この日、見つけた手紙にはこう書かれていた。

『あなたの温もりが好きでした』

この言葉を見た瞬間、浬は胸が苦しくなり、堪《たま》らず胸を押さえた。

「こんなの、君しかいないじゃないか」

いつ入れたのかはわからないが、手紙は午前中のうちに鞄の中に入れられていたようだ。浬は昼休みに手紙に気付き、屋上へと続く階段の一番上に座って手紙を開いた。

手紙の文字をそっと人差し指でなぞる。少し丸みのある字で、一画一画丁寧に書かれている。便箋の余白で、和奏は何を伝えたかったのだろう。名前をあえて書かなかったのは怖かったのだろうか。そう思ったが、和奏が何かを怖がることを想像できなかった。強引で積極的に関わってきた彼女が、浬に想いを伝えることを怖がるのは、少し不思議な気がする。

「でも、君のことは知っているようで、何も知らないんだよね」

ぽつりとつぶやいてから、浬は顔をしかめ、膝を抱えた。誰かのことを考えて、こんなにも切なくなったことはない。これまでの浬なら、女子とは挨拶をする程度の関わりで充分だった。今もそれは変わらないはずなのに、和奏のことをあまり知らないと気付いただけで、こんなにも苦しくなるとは思いもしなかった。

遠くから誰かの笑い声が聞こえる。気怠い授業も、友達との楽しい時間があるから乗り切ることができる。悩みを抱えている者も何かに躓いている者もいるだろう。でも、それは乗り越えられるようにできていると聞いたことがある。それなら、今の状況も、自分の力で乗り切ることができるのかもしれない。

浬は手紙をポケットに仕舞うと、立ち上がり、一歩ずつ慎重に階段を下りる。度胸なんてないけれど、今回ばかりは、浬が勇気を出して、和奏の元へ向かわなければならないと思った。

「過去形についても問いたださないと」

もう終わったことだと言われても、手紙を出したことに意味があるはずだ。どんな言葉が返ってくるかはわからない。浬が望む言葉ではないかもしれない。それでも、後悔しないために、和奏の言葉をありのままに受け取ろう。

生徒で溢れ返っている廊下を、浬は真っ直ぐ前を見据えて進んだ。何事にもやる気を出すことのできなくなっていた自分に、これほど突き動かされることがあるとは思いもしなかった。

和奏のクラスの前にたどり着き、無意識に握り締めていた拳を開いて、右の太ももを二度叩いた。緊張を解《ほぐ》す時の浬の癖だ。その時、タイミングよく男子生徒が出てきて、浬は右手を上げて意識をこちらに向けさせた。

「あの、須藤さんはいますか？」

「ずっと休んでるけど」

「え？　ずっとって、いつから」

「夏休み明けから来てないよ」

予想外の返答に、浬の思考は停止し、開いた口が塞がらなかった。そんな浬を尻目に、答えてくれた彼は涼しい顔をして友達と話しながら去って行った。和奏が休んでいることが当たり前で慣れているとでもいうような態度は、浬に悲しみを与えた。その上、新学期に入ってから届いていた手紙が和奏からのものである可能性が消えて、落胆する。

誰かにぶつかられるまでの数分間、浬はその場に立ち尽くした。和奏だと信じていたのに。そうであってほしいと思っていたのに。和奏じゃないと言うのなら、いったい誰が浬の温もりに触れたというのだろう。

「あっ、あの、須藤さんの連絡先を知っている子はいませんか？」

ちょうど出てきた女子生徒に声を掛けてみる。普段の浬なら恥ずかしくて、こんなことは聞けなかっただろう。それだけ焦燥感に駆られていたのだ。

「ああ、須藤さんね。たぶん、誰も知らないよ」

「え、誰も……？」

　彼女は困ったように笑った。

「須藤さんって、仲良くなったつもりでいても、絶対に踏み込ませてくれないんだよね。連絡先を聞いてもはぐらかされるし、遊びに誘っても乗ってくれたことないし。人当たりがいいから、嫌われてはいないけど、正直掴みどころがないんだよね」

「そう、ですか。ありがとうございました」

　浬はその言葉に上手く返事をすることができず、中途半端な笑顔を作る。このままここにいても、和奏と会えるわけではない。ひとまず浬は自分の教室に戻ることにした。先ほどまでの決意の籠《こ》もった瞳から力が失われ、浬は茫然としながら足を動かす。

　手紙の差出人が和奏ではないこともショックだが、夏休み明けからの欠席がサボりなのか、体調不良なのかも気になる。体調不良なら、ますます心配だというのに、連絡先も得られない。それどころか、誰とも連絡先を交換していないというのも気になる。浬ですら数人とは交換しているし、仁嗣の部活が休みでデートのない日には、学校帰りに寄り道することもある。

「ますます、君がわからないよ」

悄然とした浬の声は、楽し気に話す生徒たちの声にかき消された。

九月五日。空がどんよりとした厚い雲に覆われる、重苦しい空気の漂う日だった。朝、再び靴箱で手紙を見つけた時は意外だと感じ、同時に、靴箱、机、ロッカー、鞄と、永遠にループする可能性が浮かんだ。

浬は教室に向かいながら、ポケットに押し込んだ手紙を指で触った。和奏からの手紙でしかありえない気がするのに、欠席していると言われると別の誰かを疑わなくてはならない。和奏からだったら嬉しかったのに。そう思って、浬は足を止めた。後ろにいた仁嗣が背中にぶつかってきたが、それどころではない。

「嬉しい……？」

和奏からだったら嬉しくて、そうじゃなかったら、がっかりする。そう思う自分に驚き、浬は頭を抱えてしゃがみ込んだ。

「お、おい。大丈夫か？」

仁嗣の声は浬の耳に届かず、叫び出しそうになる自分を抑えるのが精一杯だ。

過去の仁嗣との会話を思い出し、今すぐ大きな穴を掘って埋まりたくなった。嬉しいと感じるのは、和奏を好きだからなのか。それとも、単に好かれていたことを喜んでいるだけなのか。どちらにしても、こうして慌てふためいていることが恥ずかしくて仕方がない。

大パニックに陥っている浬は、不意に肩に乗った手に驚き、抱えていた頭を上げた。

「浬、気分悪い？」

仁嗣の心配そうな表情にハッとし、浬は勢いよく立ち上がる。自分のことでいっぱいになっていたとはいえ、仁嗣に心配をかけたくない。浬は笑顔を浮かべ、首を振る。

「大丈夫。ちょっと考え事をしていただけで、体調が悪いわけじゃないから」

「そうは言っても、顔が引きつってるぞ」

「笑顔の練習中なんだ」

「なんだ、それ。まあ、確かに、浬の笑顔はぎこちないか」

浬は苦笑し、頭をかく。そんなにはっきり言われたことはなかった。特に意識してこなかったが、これからは本当に笑顔の練習をしたほうがいいかもしれない。

「よくわからないけど、もうホームルームが始まるから、大丈夫なら急ごう」

上手くごまかせたとは言い難いが、仁嗣は納得してくれたらしい。浬は胸を撫で下ろし、仁嗣と共に教室へと向かった。

ホームルームが始まった途端、浬は手紙を取り出し、丁寧な手つきで封筒を開いた。いつもと変わらない便箋に桜の花びら。今度はどんな言葉が書かれているのかと不安と期待が入り混じった気持ちで読み始めて、すぐに血の気が引いていった。

『もっと浬くんのことを好きでいたかった。でも、もう終わり。ありがとう。さようなら』

読み終えた瞬間、浬はホームルーム中であるにもかかわらず、椅子が倒れるほどの勢いで立ち上がり、走り出した。教室が騒ぎになっているのが聞こえたが、どうでもいい。先生に怒られたのも気にならない。

「さようならって、なんだよ！」

息が上がり、汗が背中をつたい始めたところで、浬は一番離れている和奏のクラスに到着した。その勢いのままにドアを開けたせいで、大きな音が鳴り、クラス中の注目を浴びる。教壇に立つ教師が硬直していたが、浬はお構いなしに叫んだ。

「須藤さん！　先生、須藤さんは⁉」

自分の聞き慣れない大きな声に戸惑いつつも、教室を見回し、結局、見つけられずに教師に視線を移した。心臓が痛いのは、走ったせいだけではないことはわかる。教師が口を開くまでの時間すら、もどかしかった。

「須藤さんなら、保健室に――」

浬は最後まで聞かずに、走り出す。

足がもつれそうになりながらも全速力で走り、保健室を目指した。しかし、不意に足を止め、膝に手をついた。荒い呼吸を整えることも忘れて考えを巡らせる。

今、和奏は学校に来ている。別れを告げるために。それだけのために？

「違う！」

浬への別れだけじゃない。和奏の言う別れは、何もかもへの別れだ。あんな言葉を残した人間が保健室には行かない。それならば、どこを目指せばいい。和奏の目が向いていたところ――。

その時、浬の脳裏に夏休み前の会話が蘇った。

「……屋上！」

　浬の直感が告げる。

　方向を変えた浬は、何度も転びそうになりながら階段を駆け上がった。廊下は静かで、浬の足音と呼吸音だけが響き、心臓が耳元で鳴っているような錯覚を起こす。屋上の扉の前に着く頃には、喉から鉄の味がしていた。

　重たい扉を開くと、外から湿気の籠《こ》もった熱い空気が入り込んできた。額から流れ落ちた汗を腕で拭い、浬は広い屋上の隅々まで視線を巡らせる。ここで見つけられなかったら、後悔するだけでは足りない。

　しかし、和奏を見つけることはできない。眉間にしわを寄せて、死角になっているところがないか、必死に探した。

　屋上の隅にあった死角を見つけた瞬間、浬は息を呑んだ。和奏は、確かにそこにいた。風が制服のスカートをなびかせ、そのまま和奏のことを攫《さら》っていきそうだ。彼女は浬の胸の辺りの高さにある柵を乗り越え、その先にある奈落を目指そうと一歩踏み出したところだった。

「待って！」

浬は必死の思いで、叫んだ。大声を出したつもりが、喉が詰まって、引きつれた声になってしまった。だが、結果的に良かったのかもしれない。驚かせていたら、反射的に飛び降りていた可能性もあった。柵から端までの距離が二メートルほどあったことも幸いした。振り向いた和奏は浬の姿を見ると、顔をくしゃくしゃにして、崩れ落ちるようにしゃがみ込んだ。

「そのまま動かないで。そっちに行くから」

「嫌、来ないで！」

和奏は顔を両手で覆い、激しく首を振った。浬は何度も深呼吸をして、冷静さを失わないよう必死になる。それから、浬は慎重に慎重に柵を乗り越え、ついに、和奏の隣に膝をつくところまで近づくことができた。

こんな時、なんて声を掛ければいいか、誰からも教わったことがない。教師はこういう時の対処法を真っ先に教えたほうがいい。誰彼構わず当たり散らしたい衝動を抑え、浬はそっと和奏の肩に触れた。拒否する様子がないことを確認し、細かく震える細い肩を優しく抱き寄せた。

和奏の身体に力が入り、腕の中で暴れる。浬は胸を拳で叩かれても、決して離すまいと抱き締める手に力を籠《こ》めた。折れてしまいそうなくらい華奢な身体は大きく震え、腕の中から聞こえる泣き声はやむ気配がない。

いつも明るい笑顔を見せていた人と同一人物とは思えないほど、和奏は取り乱し、言葉も出てこないようだった。

「どうして……」

不意に掠《かす》れた声が聞こえ、浬はそっと腕の中を覗き込んだ。しかし、顔を見られまいとするかのように、和奏は浬の胸に顔を押し付ける。

「どうして?」

浬はこの続きを言葉にしてもらおうと、背中を優しく撫でる。和奏の両手が浬の背中をぎゅっと掴んでくれた時は、浬まで泣きそうになった。唇を噛んで堪え、耳を澄ませて、和奏の言葉を辛抱強く待った。

どのくらいの時間、そうしていたかはわからない。体感ではずいぶんと長く感じ、もどかしさを隠すのに精一杯だった。

「どうして、死なせてくれないの?」

和奏の声は油断すると聞き逃してしまいそうなほど、か細いものだった。

「生きていてほしいから」

「私はもう生きていたくない！　自由に生きられないんだったら、死ぬ時くらいは自由に選ばせてよ！」

浬はすぐに返事ができなかった。その言葉に込められた思いには、安易な言葉を返してはいけないと本能で思ったから。和奏の言う『自由』には、浬の想像もつかないような深く重い意味がある気がしてならない。だから、浬は抱き締める力を強めることで、自分の存在を思い出してもらおうとした。

「君が自由を求めるのなら、僕はそれを傍で見ていたい。さよならは、もう少し先延ばしにしてもらうことはできないかな。君がくれた手紙、僕は嬉しかったんだ」

「……手紙？」

興奮させないように意識して話していた浬は、突然、顔を上げた和奏に驚き、息を呑んだ。和奏の頬に浬の唇が触れてしまいそうなほど、二人の距離は近く、互いの吐息を感じた瞬間、浬の心臓は爆発しそうだった。

「手紙って、何のこと？」

もう一度聞こえた声に我に返った浬は、今度は首を傾げた。

「何って、あの一言だけの手紙は、君がくれたんじゃないの？」

「そんなの知らな……あっ」

和奏は何かに気付いたように固まったかと思うと、今度は身体の力が抜けたように浬にもたれかかってきた。その重みが無性に嬉しくて、浬は再び抱き締める。それからしばらく二人は抱き合っていたが、ゆっくりと身体を離した和奏を尊重し、浬も和奏を解放した。いまだに、飛び降りてしまいそうな恐怖があって、完全に手を離すことはできなかったのだけれど。

「たぶん、私が書いたものだと思う。でも、浬くんに届けたのは私じゃない。お兄ちゃんじゃないかな」

「お兄さん？」

「うん、お兄ちゃんもこの学校の生徒だから、浬くんの名前を見て、探し出したのかな……」

浬は理解が追いつかず、探るように、和奏の目を覗き込む。涙に濡れた大きな目はまだ潤んでいて、何度も擦《こす》っていたせいか、赤く痛々しくなっていた。

「手紙は書いたけど、浬くんに渡すつもりはなかったの。何も伝えるつもりはなかった」

最後の言葉と一緒に和奏も消えてしまいそうで、浬は慌てて和奏の背中を引き寄せた。

「あのさ、ここは危ないから、あっちに戻らない？」

タイミングを間違えると再びパニックを起こして、飛び出してしまいそうで怖かった。だから、なかなか言い出せなかったのだが、腕の中で和奏が小さく頷いたことがわかり、ホッとして息を吐いた。

浬は和奏の手を強く握り、先に柵を乗り越えさせてから、自分も続く。二人は柵とは反対側の壁まで歩くと、並んで座り、壁に背を預けた。

「つまり渡すつもりのなかった手紙を、君のお兄さんが無断で僕に届けていた、ということ？」

「うん、そうだと思う」

隣で頷く和奏を見て、浬は手を伸ばして、茶色の髪をそっと撫でた。驚いた和奏はパッと顔を上げ、大きく見開いた瞳で浬を見つめ返す。

「じゃあ、お兄さんに感謝しないとね。届けてくれなかったら、こうして二人で話すことはできなかったかもしれない」

「……うん、そうだけど」

俯いた和奏を見下ろし、浬は込み上げてきた涙を押し込んだ。本当にギリギリだったのだと実感すると、和奏を失う恐怖がふくれ上がる。同時に、こんなに追い詰められるまで、何も気付いてあげられなかったことへの後悔も大きなものだった。思い留まらせることができて、結果よし、とはとてもじゃないが思えない。

「さっきも言ったけど、これからは、もっと君の近くにいたいと思うんだ」

「もっと近くに？」

顔を上げた和奏が首を傾げると、さらさらと髪が流れ、浬の腕をくすぐった。

「そう。君といろんなことをしてみたい。手紙を読んで思ったんだ。誰でもいいわけじゃなく、君とだから、いろいろしてみたいって。でも、手紙の文面が過去形だったように、君の中ではもう終わってしまってるのかな？」

浬自身、この問いは卑怯だと自覚している。伝えるつもりがない言葉を手紙にしたためるほど、和奏は浬を想ってくれている。死を選び、目の前に終末の口が大きく開けている状況で、和奏は浬の言葉に耳を傾けてくれた。浬は自殺を考えたことはないが、覚悟を決めて進み始めた時に届く声は、実は限られているのではないだろうか。

浬は彼女のチョコレート色の瞳を見つめ、微笑んだ。その途端、和奏の色白の頬に朱が差し、唇がふるりと震える。今までにない反応を見せられ、浬まで顔が赤くなっていく。そんな二人が顔を背けたのは同時だった。

「浬くん、自分が何を言ってるか、わかってる⁉」

和奏の照れた大声に、浬は小さな笑いを漏らした。――可愛い。そう言ったら、和奏はどんな反応をするのだろう。気にはなるけれど、今はこれ以上攻めないほうがいい。先に和奏へ視線を戻すことができた浬は、真っ赤になった耳を見つめ、にやける口元を手で隠した。

「わかっているよ。もし、君の気持ちが変わったのなら、もう何も言わない。でも、本当はまだ終わっていないのなら」

浬はわざと言葉を切った。自分にこんな駆け引きめいたことができるとは思いもしなかった。それも頭で考えたわけでもないのに。それだけ和奏を引き留めておきたくて、必死なのかもしれない。

「変わってないよ！　そんなに簡単に終わりにできるわけないでしょ！　浬くんは私の初恋なんだよ。初めて、こんなに人を好きになったのに」

「それなら、僕と付き合ってください」

頑なに顔を逸らしたままの和奏だったが、浬の言葉に、勢いよく振り向いた。その瞬間、和奏から零れた涙が風に乗って、舞い散った。

「本気で言ってる?」

「もちろん。ただ、正直に言うと、僕は恋愛がよくわからないんだ。恋愛感情も含めてね。だから、今、君のことを好きなのか、自分でもよくわからない。でも、確かなことがあるよ。それは、君と一緒にいたいということ。君には笑っていてほしいということ。僕が一番近くで、君の笑顔を守りたいということ」

本当は、和奏に聞きたいことがあった。それほど好きでいてくれたのに、どうして死を選ぼうとしたのか。その理由を聞きたかった。簡単に終わりにできないという想いを終わらせてしまえる、その理由を。浬では生きる支えになれないのかもしれない。それでも、まだ死を望む心が残っているのなら、浬という存在を抗う力の糧にしてほしい。

「バカ。本当にバカ。よくわからないくせに、無自覚にかっこいいことを言わないでよ」

「別に格好つけたつもりはないけど」

「だから、罪なんだよ!　大罪!」

そう言って、和奏に叩かれた肩は痛いはずなのに、浬には愛おしく感じて、胸が締め付けられた。

「ごめんって」

「……いいけど、別に。全然怒ってないし。そういう天然なところも好きなんだもん」

「やっと現在進行形の言葉がもらえた」

浬は小さな手を取り、優しく包むように握った。冷たくなった手を温めたくて、ゆっくりと擦《さす》る。こうして、傷付いた心も擦って、癒してあげられたらいいのにと思う。人生経験の少ない平凡な高校生に、死を選ぶほど傷付いた人の心を癒せるとは思えない。それでも、和奏には二度と死にたいと思ってほしくなかった。

「なんか、いつもと違う。いつもは私がからかって、浬くんを翻弄する側なのに！」

「たまには、僕にも翻弄させてもらわないと」

「……ダメって言えない。好きな人に翻弄されたくない人なんていないるのかな。ずるいよね。惚れた弱みってこと？」

和奏の小さな声に、浬は思わず声を出して笑った。それから、宝物に触れるように、小さな手を優しく包み、微笑む。

「僕の彼女になってくれる？」

浬の言葉に、和奏は頷き、顔をくしゃくしゃにして涙を流した。それはなかなか枯れることはなく、浬もまた、その涙を止めてあげる術を持っていない。ただ、そっと抱き寄せ、背中を撫でる。

「ありがとう」

浬は空を見上げ、気付かれないように息を吐いた。これは、恋人になるという約束だけではない。和奏は生きることを約束したのだ。和奏にとって、勇気のいることだったはずだ。浬の強引さに、和奏も勢いで返事した可能性もあるが、それでもいい。和奏の中に潜む大きな問題が何であるか、浬は時間をかけてでも知っていかなければならない。そして、和奏に楽しいと思ってもらえるように努力することが、今の浬が示せる全力の想いの形だ。

見上げた空では厚い雲にわずかに隙間ができて、太陽がこちらを覗き込んだ。一筋の光が二本三本と増え、地上へと続く天使の梯子が浮かび上がる。浬は手の中にある柔らかい手をぎゅっと握り、和奏が隣にいてくれることの奇跡に感謝した。

第四章　「チグリジア」

浬は自宅の部屋でスマートフォンを前に、腕を組んだまま固まっていた。液晶には恋人となった和奏を示す桜のアイコンが映し出されている。

浬は自分のスマートフォンの中に存在する和奏が不思議で、何度もアドレス帳やSNSの友達一覧を確認した。

和奏のSNSアカウントのアイコンが桜であることを知り、浬は緩む口を隠すことができずに、和奏に睨まれてしまった。どれだけ桜が好きなんだとか、可愛いなとか、言いたいことはあったのに、どうしてだか胸がいっぱいになって、何も言葉にならなかった。大好きな桜に想いを託すように、大事な気持ちを伝えてくれていたのだと思うと、嬉しくて仕方がない。

その後、和奏は騒ぎになっているであろう教室に戻らずに帰ることにした。浬が送ると言っても、なかなか受け入れてもらえなかったが、一人で帰すなんてとんでもない話だ。和奏を保健室に連れて行き、養護教諭に見ていてもらう間に、浬は自分の鞄と和奏の鞄を回収した。教師には騒ぎを起こしたことを叱られたが、屋上での出来事までは知られておらず、それ以上大事《おおごと》になることはなかった。それから和奏を自宅まで送り届けることにしたのだ。

二人で歩くのはなんだか気恥ずかしく、いつもはよく喋る和奏まで無言でいるものだから、緊張のせいで記憶が曖昧である。まだ朝だったため、制服姿の二人はとても目立っていただろうが、幸いその住宅街は人がまばらだった。

高校から徒歩圏内に和奏の家があり、その近さで学校を選んだと言う。送り届けた家はアイボリーの外壁とオレンジ色の屋根が特徴の柔らかい雰囲気だった。その外観は和奏の雰囲気に合っていると感じたが、それを口にすることはできずに、ぎこちなく別れを告げるのが精一杯だった。

和奏が家の中に入るまで見届けた浬は、学校に戻ることなく、自宅に帰った。麻由は仕事に行っており、帰宅は二十時頃になることが多い。サボりを叱る人もいないし、事情を聞き出そうとする人もいないから、気が楽である。そうして、浬は自分の部屋のローテーブルに置いたスマートフォンを前に悩んでいるのであった。

しばらく身動きも取れずにいたが、浬は大きな溜息と共に、後ろへごろんと転がった。

近くにおいてあったクッションを引っ張り寄せると、胸に抱えて、形が変わるほど強く抱き締める。

「連絡するべき、だよね。いや、したくないわけじゃないんだ。ただ何を言えばいいか、わからないだけなんだよ。そもそも用もないのに、人に連絡を取ることなんてないし。皆、彼女に何を連絡しているんだろう。仁嗣なんて、学校にいても連絡を取ってる時があるよね。同じ校舎にいるんだから、話があるなら、会いに行けばいいのに。いや、そういうことじゃないって言われそう。だから、浬は女心がわからないんだとか、絶対言うだろうな。どうせわからないよ。今だって、一通目に何を送れば喜んでくれるのか、さっぱりわからないんだから」

他に誰もいないのをいいことに、浬は遠慮のない独り言を連ねる。部屋は冷房をつけているから快適だが、外は蒸し暑そうである。雨が降っていないだけ、まだマシかもしれない。

「何か、参考書的なものはないのかな」

浬は起き上がり、スマートフォンのインターネットの検索欄に『恋人　連絡　内容』と入力してみる。その検索結果を見て、浬は座り直して、ついでに姿勢を正した。

多くのサイトがヒットしたので、良さそうな記事を片っ端から読んでいく。『長続きする秘訣』や『NGネタ』という言葉に敏感に反応しながら集めた情報は、浬にとって期待以上のものだった。全部を真に受けるわけにはいかないし、読むのと実践は異なるだろう。それでも、知識も経験も皆無だった浬には大きな収穫だった。

「よし。まずは挨拶らしいから」

浬は桜のアイコンからメッセージ画面を出した。フリックする指先が震えているのは、いろいろあって疲れているせいだと言い聞かせる。うるさい心臓も併せて無視しておいた。

こうして、送信したメッセージは一言だけだった。

『こんにちは』

普段の浬なら、これだけのメッセージは送らなかったはずだ。先ほどまで一緒にいたのに、いきなり挨拶だけ送られてきて、和奏は困ったことだろう。しかし、記念すべき一通目を自分から送ったことに満足している浬に、そんなことまで考える余裕はなかった。

浬はベッドに移動し、大の字になって寝転んだ。こうしてみると、思っていた以上に疲れていることがわかる。あんなことがあったのだから、当然だ。更に、奇跡的に飛び降りを止めることができたし、恋人になることもできた。だから、安堵と達成感で、気が抜けていてもおかしくはない。まるで布団に埋もれていくように、意識が沈んでいくのを感じ、ほどなくして眠りに落ちていった。

浬が空腹で目を覚ましたのは、正午を回ってずいぶんと時間が経った頃だった。大きなあくびが出たあと、浬は緩慢な動きで起き上がり、ローテーブルにあるスマートフォンを手にした。通知が一件届いているのを見て、ぼんやりとしていた思考が急激に動き出す。

「返事、来てた」

メッセージを送れば、返事が来る。そんな当たり前のことが抜けていた自分に愕然としつつ、浬は和奏からのメッセージを開いた。

『浬くんのことだから、いろいろ悩んでメッセージをくれたんだよね。それが嬉しい。ありがとう』

浬は唇を人差し指で撫でながら、ふむとつぶやく。

『それが』ということは、内容は嬉しくなかったってことか。まあ、そっか。挨拶だけだもんね。あれ？　じゃあ、どんな言葉なら喜んでくれたんだろう」

一人になると、独り言が多くなる癖を持つ浬は口に出ていることも気付かずに、ぶつぶつと続ける。

「好きだよなんて、軽い気持ちで言っちゃダメだろうし、業務報告も今はないな。落ち着いたかどうかも、安易に聞かないほうがいいよね。あそこまで覚悟していた人が、簡単に落ち着くわけないし、ましてや、まだ死にたいと思うかなんて禁忌だよね。本当は一番聞きたいんだけど」

その時、腹の虫が鳴いた。浬は時計を見て納得し、キッチンで見つけたカップラーメンを食べることにした。

「あっ、業務報告ができる」

あっという間に食べ終わった浬は、和奏にメッセージを送った。

『カップラーメンを食べたよ。君は何か食べた？』

入力したメッセージを読み返し、浬は大きく頷く。今度は質問まで入れることができたのだから、完璧だろうと満足したのだ。今の表情を和奏が見たら、大笑いするに違いない。

　和奏からの返信は、送信してすぐだった。

『うどんを食べたよ。ねえ、浬くん。明日か明後日は空いてる？　よかったら、デートしない？』

　浬は飲んでいたお茶を吹き出し、咳き込んだ。

「もしかして、これを求めていたんじゃ……ということは、言わせてしまったから、失敗じゃないか。ああ、いきなりポンコツが出た。こんなんで、あの子を楽しませたり、幸せだと思わせたりできるのかな。デートすら彼女から誘われるなんて、男として大丈夫か、僕は」

　浬は頭を抱え、テーブルにぶつけた。額が少し痛むが、情けなさのせいでほとんど感じない。しかし、落ち込んでいる場合ではない。こうなったら、一刻も早く返信することが、浬のできる最大のフォローだ。そこに考えが至るまでは一瞬だった。浬は慌てて座り直し、スマートフォンを掴んだ。

『どっちも空いてるよ。どこか、行きたいところはある？』

　浬は送信したあと、何度も読み直し、首を傾げた。間違いではないが、正解でもない気がするのはどうしてだろう。何かヒントがないか、インターネットで答えを探そうとしたが、それよりも先に返信が届いた。

『それなら、明日、デートしよ。行きたいところは考えておくね』

この返事をもらって、浬は検索する前に気付いた。

「これじゃ、彼女任せの引っ張れないタイプの彼氏じゃないか！」

行き先くらいは考えたほうがいいだろうか。それとも、考えておくという言葉を鵜呑みにすればいいのか。浬は再び頭を抱え、テーブルに突っ伏した。

結局、悩み悶えた末、和奏の希望を叶える方向で片が付いた。というより、もうそういうものだという体《てい》で、和奏が話を進めたのだ。そのことも落ち込む要因となった。

こうして、恋人としての始まりは、浬にとって不本意なものとなってしまった。

翌日の土曜日は、前日の雨模様が嘘のような清々しい快晴となった。高校の最寄り駅を待ち合わせ場所にして、浬は待ち合わせ時間の十分前に着くように向かった。

休日の駅は混み合っており、目印にしたモニュメントの周囲にも人が溢れ返っている。浬は余裕を持って着いたこともあって、のんびりと向かったが、人混みの中に和奏を見つけた瞬間、走り出した。

「ご、ごめん」

和奏の目の前まで来ると、浬は両手を顔の前で合わせた。晴天なのは嬉しいが、太陽の位置が高くない今でも、すでに汗ばむ気温になっている。そんな中、人の多いところで和奏を待たせてしまったことが申し訳なくて、過去に戻って、待ち合わせ場所を変更したくなった。

「大丈夫だよ。楽しみで、早く着いちゃった」

浬が顔を上げて目にしたのは、はにかんで俯いている和奏の姿だった。見たことのない表情に、浬は思考が停止し、雑踏の音の波も凪いで消えたように感じた。

「……浬くん？」

「あっ、ごめん。何でもない。ここは暑いよね。涼しいところを待ち合わせ場所にすればよかったね。全然、気が利かなくて。本当に、もう昨日から何もかも……」

浬の顔がどんどん下がっていき、ついに視線は足元のレンガ敷きに固定された。すると、目の前に小さな手が現れて、浬の手を取った。驚いた浬が視線を上げると、頬を染めた和奏が笑顔を見せて、真っ直ぐに浬を見つめていた。

「何に謝ってるのか、私にはわからないな。浬くんがいろいろ考えてくれてるのは伝わってるよ。だから、私はこうしていられるだけで嬉しい」

微笑んだ和奏の目元が、いつもよりも腫れていることに気付いてしまい、浬は言葉を探した。けれど、結局、それに触れることはせずに微笑む努力をする。ぎこちない笑顔になっていることは自分でもわかったが、今の和奏に必要なのは浬の笑顔だろうという結論に至ったのだ。

「僕も嬉しいよ。じゃあ、ここは暑いから移動しようか」

浬は和奏の目元から目を逸らし、和奏の手を引いた。自分の手が汗ばんでいる気がして、本当はいったん離してもらって、拭きたいと思った。でも、ここで離してしまうと、和奏が悲しい表情になってしまいそうで、グッと堪えた。

「うん、行こっか」

隣から聞こえた声が弾んでいたことで、浬の笑顔はぎこちなさが和らいだのだが、当の本人が気付くことはなかった。

こうして二人は最初の目的地である映画館に向かった。和奏から映画が観たいと言われ、浬が調べて、インターネットでチケットの予約をしておいたのだ。観たい映画はなく、ジャンルも何でもいいということだったので、浬にとっては受験よりも難題であったのだけれど。

映画館までの道のりは、恋人になって初めて手を繋いで歩いたこともあって、気温以上に熱く感じた。特に、繋いでいる右手が。相変わらずひんやりしている手だったが、それでもずっと繋いでいれば、そこに温もりがあることを実感して、内心ほっとした。

昨日の学校帰りのように無言とまではいかないものの、これまでどんな会話をしていたのかを忘れてしまったように、互いに上手く話すことができなかった。和奏が話しかけてくれたら応えることができるのだが、浬からは話しかけられず、口をパクパクさせては閉じるという金魚と化してしまった。映画館に着く頃には、恥を忍んで仁嗣にアドバイスをもらう決意をした。

映画館は人が多く、和奏の肩に人がぶつかった瞬間、無意識に引き寄せていた。腕と腕が触れた時に心臓が大きく跳ね、体温が急上昇したが、表情にだけは出さないように表情筋を引き締める。

「浬くん、怒ってる？」

「えっ、全然怒ってないけど」

　思いもよらない言葉に、浬は焦って隣を見下ろす。眉を八の字にした和奏が見上げていて、もうそれだけで無条件に謝りたくなった。

「それならいいんだけど。表情が硬くなったから、何か嫌だったかなと思って」

「何も嫌なことなんてないし、本当に怒ってなくて。たぶん、緊張のせいというか、恥ずかしさを隠そうとしたというか……ああもう、なんで僕は全部言っちゃうんだ」

　その時、聞こえてきた和奏の楽しそうな笑い声に、浬は怪訝な表情を浮かべて、和奏に視線を戻した。すると、目を三日月のようにして笑う和奏がいて、浬は口を尖らせた。

「笑うところあった？」

「この笑いはね、浬くんが好きって笑いだよ」

「なっ、急に、なに⁉」

「浬くんって、普段は無口なのに、照れると口数多くなるよね。そこも、本当に好き」

「ちょ、待ってくれるかな。それ以上は、今は言わなくていいから」

「じゃあ、あとからいっぱい言おうっと」

「そうじゃない！　ほら、もう映画が始まるから行くよ！」

自分の顔が真っ赤になっていることがわかり、一刻も早く暗い場所へ行きたい一心で、浬は目当てのスクリーンに向かう。後ろから聞こえる和奏の笑い声は一向にやむ気配はなく、結局、席に座っても、しばらく笑われ続ける羽目になった。

映画を見終わり、ファストフード店で昼食をとったあとは、ゲームセンターにやってきた。和奏にゲームのイメージがなかったため、行きたいと言われた時は不思議な感じがした。浬自身もゲームには興味がなく、仁嗣に付き合うことがあっても、仁嗣が盛り上がってるのをただ見ていることが多い。だから、和奏に楽しんでもらえるとは思えなかった。

「僕、全然ゲームできないけど大丈夫？」

中に入ってすぐのところで、どこに行けばいいのか迷っていた浬は、隣で目を輝かせている和奏を見て、眉を下げる。

「私もできないの。でも、初めてのことを二人でするのもいいかなと思って。それに、ゲームセンターなんて、高校生のデートっぽくていいでしょ？」

和奏はそれだけ言うと、浬の返事を待たずに、手を引いて奥へと進み始めた。ゲームセンター特有の騒がしさで、ともすれば和奏の声にも気付けなさそうだ。光と色も溢れ返っていて、まだ何もしていないのにクラクラしてくる。それでも、浬は顔に出さないよう、細心の注意を払った。

和奏に連れていかれたのは〝音ゲー〟と言われるゲーム機が並ぶコーナーだった。まさに音が渦巻いていて、自分のやっているゲームの音がよく聞き取れるなと感心してしまう。

「私ね、これをやってみたかったの」

和奏が指さしたのは太鼓のゲームだった。今は中学生くらいの男の子たちが対決している。とんでもなく速いバチさばきに、ごくりと唾を飲み込む。

「できる気がしないよ」

「できなくてもいいの！　何でも挑戦でしょ？」

和奏は何が嬉しいのか、満面の笑みを浮かべ、繋いだ手をゆらゆらと揺らす。まるで小さな子どもに戻ったみたいな様子に、思わず浬も笑いが零れてきた。

「まあ、確かにやってもいないうちから、諦めるのは良くないね」

別に上手くできなくてもいい。和奏が楽しめるということに充分な意味があると思えば、このお願いに反論する余地はない。

間もなく、二人の順番になり、和奏が曲を選ぶのを待った。浬は流行りの曲に詳しくないが、幸い、和奏が選んだ曲は知っているものだった。ひとまず胸を撫で下ろし、いよいよゲームのスタートだ。

結論から言うと、和奏の成績は良かったが、浬は壊滅的であった。連打なんて、あまりに酷くて、笑えてくるほどだった。馬鹿にされても文句は言えないと思ったが、和奏からはそのような気配は感じられない。

「楽しかったね。浬くん、付き合ってくれてありがとう」

和奏の柔らかい表情に、浬の胸のあたりがトクンと鳴り、温かくなったような気がした。浬は首を傾げて、胸に触れる。どうも和奏といると、心臓に違和感を抱くことがある。

「僕も楽しかったよ。すごく下手だったけど」

「いいの、いいの。ね、次はあっちに行こう！」

浬は頷くと、当たり前のように和奏の手を握った。周囲の高揚感が伝わってくるせいか、非日常の中にいるようで、普通なら恥ずかしくて躊躇することでも平然とできる。

和奏は繋いだ手に視線を落とすと、花が咲いたような笑顔になり、ぎゅっと握り返してきた。それに応えられたら、より彼氏らしいのかもしれない。しかし、浬には難しく、口元を緩めて見つめ返すのが精一杯だった。

その後、二人はいくつかのゲームにチャレンジした。自分が楽しむことは二の次だと思っていた浬だったが、気付けば心から楽しんでおり、自然と笑顔が増えていった。それは、和奏が本当に楽しそうにしていることが嬉しかったから、というのが最も大きい。

ひとしきり遊んだあと、少し休憩をしようと自販機の前に来た時だった。浬は違和感を抱き、和奏の顔を覗き込んだ。薄暗いゲームセンターの中ではわからなかったが、和奏の顔色がいつも以上に悪い。

「もしかして、体調が悪い？　もう帰ったほうがいい？」

「平気！　まだ帰りたくない」

「でも」

「ちょっと疲れただけだから、休めば大丈夫。だから、まだ遊ぼうよ」

顔の前で両手を合わせて、頭を下げた和奏を見下ろし、浬は溜息をつく。浬だって、まだ一緒にいられるなら、そうしていたいと思う。デートなんて、どうしたらいいかわからず不安に思っていたが、想像よりもずっと楽しい。客観的には、和奏が浬を振り回しているように見えるかもしれない。しかし、浬にとってはそれが心地よかった。

「とりあえず、大丈夫かは休憩してから判断しよう」

和奏の希望は全部叶えてあげたいけれど、やはり体調不良は無視できない。

和奏が口を尖らせて、わざとらしくそっぽを向く。浬は苦笑して、和奏の頭を撫でた。反射的に振り向いた和奏の顔が真っ赤になっていることに満足し、浬はペットボトルのお茶と紅茶を買って、休憩スペースに連れて行った。

混み合ってはいたが、なんとか二人分の椅子を確保し、向かい合って座った。やはり和奏の顔色は悪く、よく見ると、疲労も色濃く出ていた。

「大丈夫かどうか、聞かないで」

浬が口を開こうとしたが、和奏の言葉に遮られ、開いた口を閉じる。聞くなと言われると、他に何を言えばいいか、すぐに出てこなかった。

紅茶を飲む和奏を眺め、浬は溜息を飲み込んだ。せっかく楽しく過ごしていたのだから、もう溜息は禁止にしようと決めたのだ。それにしても、どうしたものか。浬は口に拳を当てて、ふむと考え込む。

「どうするのが、一番休まる？」

　浬の言葉に、和奏は目を瞬かせる。

「少しでも体調が回復する方法があるなら、そのほうがいいんじゃない？」

　和奏は下唇を噛み締め、ペットボトルを強く握り、俯いた。浬は焦らせないよう、視線を下げて、辛抱強く待つことにした。

　ここはゲームセンターの中よりも静かだが、人の多さからくる騒めきが二人を包んでいる。近くで大きな笑い声が聞こえた時、和奏が顔を上げたのが見えた。

「プリクラを撮りたい」

「いいよ」

「ＵＦＯキャッチャーもやってみたい」

「取れるまでやろう」

「メダルゲームもやりたい」

「どっちがたくさん増やせるか、競争しよう」

「レーシングゲームも」

「真剣に勝負しよう」

「もっと、いっぱいやりたい……でも、もう無理ってわかってるの」

「うん。また来よう」

唇を震わせながら、目に涙を溜めている和奏の手を包み、甲を優しく撫でる。これから時間はいくらでもあるのだから、今日ですべてをやる必要はないと、浬は思う。それなのに、和奏からは今日を逃すとできなくなるというような焦りが見える。浬の脳裏に、和奏が再び死を選ぶのではないかという不安が過《よぎ》った。

「浬くん、少し痛いよ」

和奏の声にハッとして正面を見ると、和奏が困ったように浬を見つめていた。二人の間に視線を落とし、無意識に手を強く握っていたことに気付いた。慌てて力を抜き、赤くなっていないかと確認する。幸い表面的には異常は見られなかった。

「ごめん」

「ううん。大丈夫だけど、どうかした？」

「何でもないよ。君が望むことなら、何でもしたいなと思っていただけ」

(死ぬことだけは許さないけど)

浬は心の中でつぶやき、大袈裟な笑顔を浮かべた。表情に出にくい浬はそのくらい意識しないと、人並みの笑顔にならないと思ったのだ。それが成功したのか、和奏はほんのり頬を染めて、頷いた。

「ほんと、浬くんはタチが悪い」

「え」

良かれと思っての言動だったが、和奏から返ってきた反応はどう判断すればいいか、難しいものだった。

「さてと、帰ろうか！」

和奏は元気な声で言うと、ゆっくりと立ち上がり、座っている浬の元にやってきた。和奏を見上げる浬の黒髪に指を通し、目にかかる前髪をかき分ける。

「もっと目を出してよ。私、浬くんの目も好きなんだから」

「いやっ、ちょっと待って。君のほうがタチ悪いじゃないか」

「えーっ。浬くんは天然だもん。私は計算。ほらほら、行くよ」

そう言いながら、和奏は浬の手を引っ張った。浬はその様子を見て、内心でホッとしていた。落ち込んだまま、初デートを終わらせたくないと思っていたのだが、笑顔も雰囲気もいつもと変わらなくなり、気持ちを切り替えられたのだと感じた。

「うん、行こうか」

だから、隣を歩く和奏の顔が強張っていることに気付けず、小さな囁きを聞き逃してしまった。

「次があるといいんだけど」

＊

季節はゆっくりと流れていき、中庭の桜は葉をすべて落としていた。浬は寒そうに佇む木を見上げ、そっと幹に触れる。

「こんなところに、ずっと独りでいるのはどんな気分だろう。寂しくなったり、虚しくなったりしないのかな。僕だったら、きっとすぐにどうでもよくなって、枯れていただろうな」

桜の歴史が深く刻まれた幹からは温度を感じない。それでも、春になれば、桜は花を咲かせる。和奏の大好きな花を。

浬は幹に背を預け、薄い雲で覆われている空を見上げた。

「今回は休みが長いな」

和奏からは、体調が悪いから少し休むという連絡をもらったが、詳しい話は聞けていない。単に、身体が弱いだけなのかもしれない。そう思いたいけれど、やはり体調を崩すことの多さを知ってしまうと、良くない想像をしてしまうのだ。

付き合ってすぐの頃に一度だけ、浬は和奏に聞いたことがある。

『何か、僕が気を付けられることはある？』と。和奏は、何も気にしなくていい、何も気にしてほしくない、と返した。病名があるのなら、教えてもらうのが一番いいことはわかっていた。それにもかかわらず、中途半端な質問しかできなかった理由は、単純なことだ。もし、大きな病気だったら、自分はどうしたらいいのか、わからなくなりそうだったから。

「君が一人で抱えているのなら、心の負担だけでも、僕が半分もらいたいのに」

風が落ち葉を巻き込みながら、空へと舞い上がる。流されるままに飛んでいった葉が見えなくなるまで、浬はその場に立ち尽くした。

見舞いを拒否された浬は為す術がなかった。和奏は浬のほうへ踏み込んでくるくせに、浬からは踏み込ませてくれない。それは、付き合って三か月が経った今でも変わらなかった。

　浬は肺が空っぽになりそうなほど、大きな溜息をつき、前髪をくしゃりと掴んだ。和奏に出してほしいと言われた目は、今も髪に隠れたままだ。髪の長さに特別な意味はないし、こだわりがあるわけでもない。でも、目が露わになってしまうと、すべてを見透かされる気がして怖い。浬はもう一つ大きな溜息をついた。

「結局、僕は臆病者だ」

　一週間後にはクリスマスが控えている。駅前の街路樹がイルミネーションで飾られ、そこかしこからクリスマスソングが聞こえてくる。恋人たちにとって、それは待ち遠しいイベントだろう。しかし、浬はまだ心躍るようなイベントだと感じることができないでいた。イメージが湧かないせいか、和奏の体調のほうが気がかりであるせいかはわからない。とにかく、今は和奏が回復することを祈るしかなかった。

　この年のクリスマスは、今にも雪が降り出しそうな空模様で一日が始まった。浬は家を出て、空を睨みつける。

「あの子がまた体調を崩したら、どうしてくれるんだ」

何が良くないのかは知らないが、寒さがいいわけない。できることなら、家でゆっくりしてもらいたかったが、無事に体調が回復した和奏に押し切られ、駅前の大きな木の下で待ち合わせをすることになってしまった。地球にはせめて暖かく、天気のいい日にしてもらいたかったものだ。

浬は和奏が待つことのないよう、早めに家を出た。これまで何度かデートをしたが、どれだけ早く出ても、和奏が先に来ていて、浬のことを待っている。それならばと、今日は二時間も前に着くように出発したのだ。

まだ早い時間のお蔭で、電車は思っていたよりも空いていた。車窓の外をぼんやりと眺めながら、今日一日、どこへ行っても混雑していませんように、と願う。

「クリスマスだからって、どうして皆、特別に思うんだろう」

浬にはさっぱりわからない。ふと仁嗣にぼやいてみたら、残念な子を見る目で見つめられてしまった。そこまで女心と恋人思考がわからないのか、と嘆かれ、浬はずいぶんと落ち込んだ。

車内アナウンスが流れ、待ち合わせの駅に到着した。浬の他に数人が降りたが、やはり構内は人がまばらだ。改札を出たところにある時計を見て、きっかり二時間前であることを確認した浬は、意気揚々と待ち合わせ場所へと向かう。そうして、和奏が来ていないことに安堵し、浬は木の近くにあったベンチで時間を潰すことにした。

わずかな時間で指がかじかみ、頬がピリピリと痺れてくる。着込んできたつもりだったが、思っていたよりも身体の芯から冷えるようだ。しかし、浬は辛いとは思わなかった。

「待たせるより、待つほうがいいな」

浬の姿を見つけたら、和奏はどんな顔をするだろう。きっと驚くだろうけど、喜んでくれたら嬉しい。浬はすっかり冷えた口元を緩め、両手に息を吹きかけた。

それからしばらく待っていると、遠くから和奏がやってくるのが見えた。まだ気付いていないらしく、少し俯き気味に歩いてくる。どこか、慎重に、というよりは恐る恐る歩いているように見え、浬は思わず立ち上がり、和奏のほうへ向かって歩き始めた。

二人の距離が大声を出さなくても聞こえるほど近づいたところで、不意に和奏が顔を上げた。視線が絡んだと思った瞬間、和奏の大きな目が限界まで丸くなり、ぽかんと口を開けたまま、その場に立ち止まってしまった。浬は小さく笑い、和奏の前まで速足で進んだ。

「おはよう」

「お、おはよう。私、時間を間違えてた？」

　和奏は困惑と不安が入り混じったような視線を浬に向け、反応を窺う。浬は悪戯が成功したことを喜ぶように笑顔を見せ、白磁の頬にかかった髪を人差し指で耳にかけてやった。

「間違えてないよ。いつも待たせてばかりだったから、今日はどうしても僕が待ちたかったんだ。体調は大丈夫？」

「大丈夫だけど、なんだかびっくりして」

「それなら、ささやかなサプライズの成功だね。外は寒いから、移動しようか」

　和奏は、本当に驚いているのだろう。浬が手を握っても、コクコクと頷くだけで、何も言わずに手を引かれ、着いてくるだけだった。そんな和奏の姿が可愛らしくて、浬は自然と緩む口元を隠せない。互いに前を向いているから、和奏は気付いていないことが救いかもしれないが、他の人から見ると怪しい男だったかもしれない。

　いつしか、浬は和奏の速度に合わせて歩くことを覚え、今ではそれが当たり前になった。時折、仁嗣と歩いていても、その癖が出ることがあり、言葉にされなくても言いたいことのわかる目は、浬としては照れくさくあるものの、欣然《きんぜん》と受け止めている。

二人が向かったのは、高校とは反対側にあるショッピングモールだった。

今日のデートは、浬のプランのみで遂行することが決まっている。それを提案したのは、珍しいことに浬からだった。これも、和奏を驚かせたい、喜ばせたい一心での提案だ。それが成功するかどうかには、自信がないのだけれど。

「今日は何をするの？」

驚きから復活した和奏は暖かい店内に入ったところで、浬の顔を下から覗き込み、首を傾げた。浬はさらりと流れた髪を右手で掬い、指に絡ませて遊ぶ。浬は殊の外、和奏の癖のない髪に触れるのが好きだ。特に、普段はからかってくる和奏が真っ赤になることに愉悦を感じる。それから決まって、浬のことを睨んでくるのもいい。

「ゆっくり買い物をする以外は、まだ秘密」

「秘密だなんて、いつからそんなことができるようになったの！」

鋭い視線を向けてくるが、いつ飛びつこうかとウズウズしている子猫にしか見えない。

浬は自分の目線に温もりが含まれている自覚なく、和奏をジッと見下ろし、頭をひと撫でした。

「この人たらし！」

「ひどいなぁ」

浬はクスクスと笑い、和奏の手を引いた。隣で何かをつぶやいてることはわかるが、恨み言でも和奏になら言われたい。怒られてもいいし、酷く罵られてもいい。喜怒哀楽、すべての感情を和奏に抱いてもらいたい。そうして、いつしか浬の隣にいることに生きる意味を見出してもらいたい。そう願う気持ちは、強くなる一方だ。

徐々に客が増えていき、浬は和奏の体調により気をつけながら、店内を回った。和奏の好きそうな雑貨店に、和奏好みの服屋、喫茶を備えた本屋で休憩を挟むことも忘れない。目を輝かせる和奏を眺めているのは、浬にとって至福の時だった。

そして、浬は最後にアクセサリーショップへ連れて行った。ショーケースもないような、気軽な店舗だ。そこに浬の最大の目的があった。

「さて、僕はプレゼントを用意してきませんでした。だから、君に選んでもらいたい。お揃いのね」

浬は店内をぐるりと見回してから、和奏に視線を留めた。その顔には理解できなかったと書かれている。

「僕からのプレゼントは、二人がいつも身に着けられるもので、君の好きなものにしたい。そのアクセサリーで、君と僕を繋いでくれる？」

説明を追加しても動きのない和奏の目の前で、浬はひらひらと手を振った。ようやく我に返った和奏は唇を噛んで、繋いでいた手を力強く握り締める。痛くしようとしたのだろうけど、浬には痛いほどの力ではなく、むしろしっかり繋ぎ直されたように感じ、胸が熱くなった。

「だから、私にもプレゼントを用意しないでって言ったんだね⁉　ちょっと、浬くんってどうなってるの？　本当に高二の男子？　本当はもう大人で、経験豊富なんじゃない？」

浬は思いも寄らない反論に、ははっと笑った。

「君が初めての彼女だし、残念ながら経験皆無の高二男子です」

「嘘だ。絶対に騙されないんだから。どうして、次から次に、私のことを驚かせるの？　このままじゃ、私の心臓がもたないよ」

和奏は今にも泣きだしそうな表情を浮かべ、俯いてしまった。浬の想像していた反応とは異なり、慌てて腰を屈めて、和奏の視界に入った。その目は潤んでおり、今にも落ちてしまいそうな雫が眦《まなじり》で光った。

「ご、ごめん。泣かせるつもりはなかったんだ。嫌な思いをさせちゃった」

「違う。そうじゃないの。嬉しくないわけじゃなくて、私、このままじゃ……」

浬は続きの言葉を待ったが、和奏は頑なに口を閉ざし、浬から目を逸らした。これでも、ずっと前から調べてきたし、仁嗣からもアドバイスをもらい、和奏が一番喜んでくれそうなことを考えてきた。やりすぎかもしれないと思わないでもなかったが、初めてのイベントだ。浬には特別な意味はないものだったが、女の子にとっては大切だと知ってからは必死だった。

浬は和奏を連れて、店を出ようとした。しかし、和奏は顔を上げると、眉を下げたまま、器用に笑顔を見せた。

「本当に、私が選んでいいの？」

「もちろん。でも、無理はしなくていいよ。嫌だったら、他のプレゼントを考えるから。今日、渡すことはできなくなるけど」

和奏を傷付けてしまった。その後悔から、浬の頭は真っ白になって、思考が止まりそうになる。それでも懸命に今からの挽回方法を思案していた。

「ううん。私、選びたい。二人でお揃いのものをつけたい。文句はなしだよ？」

柔らかい表情に変わった和奏が、浬のコートの袖をちょんと引っ張る。その雰囲気はいつもと変わらないものになっていた。浬は少しの間、探るように見つめたが、無理をしているようにも見えなかったため、肩の力を抜いた。

「文句なんて、絶対に言わない。だって、僕が提案したんだよ？」

「じゃあ、すっごく可愛いのにしちゃお」

そう言って、和奏は足取り軽く店内を物色し始めた。浬はその後ろ姿を眺めながら、今のやりとりを思い出していた。『私、このままじゃ』のあとは、いったいどう続いたのか。嬉しいと言いつつも、泣きたくなるほどの何かがあることは確かだ。浬はどこまで、どのタイミングで踏み込んでいいものか、悩みっぱなしだ。こればかりは、インターネットでもヒントは見つからなさそうだった。

それから、時間をかけて和奏が選んだのは、鍵と鍵穴のペアネックレスだった。

レストランへ移動し、注文を終えたところで、和奏は買ったばかりのネックレスを取り出した。

「どっちがどっちを着けるの？」

浬は掌に二つを並べて、向かいから覗き込んでいた和奏に問いかけた。

クリスマスらしく、お洒落で高級なレストランに行ければよかったが、バイトもしていない浬には難しく、いつもよりも少しだけ値段の張るレストランが精一杯だった。申し訳なさそうにしている浬に、和奏は満面の笑みを見せ、充分嬉しいことを伝えてくれる。しかし、それは浬にとって、素直に受け取れるものではなく、いつか大人が行くようなお店に連れて行くことを心の中で誓った。

「鍵が浬くんで、私が鍵穴ね」

「どんな意味があるのか、聞いてもいい？」

浬が鍵穴のネックレスを着けると思っていたが、和奏は一般的なイメージとは反対に決めているようだった。和奏は少し考えたあと、混雑している店内の音にかき消されそうなほどの声で話した。

「もし、私に鍵がかかって、もう誰も開けられなくなっても、浬くんが鍵を持っていてくれたら、開けることができるかもしれないから。浬くんに、開けてほしい」

俯いている和奏の表情は、浬からは確認できなかった。それでも、泣き出しそうな雰囲気を感じ取った浬は、和奏の額を突《つつ》き、顔を上げさせた。和奏は眉間にしわを寄せ、何かを堪えているようで、浬は胸が強く締め付けられる。

「君がどんなに頑丈な鍵をかけても、僕が必ず開ける。嫌だって言っても、諦めようとしていても。だから、君にはどんな時でも僕のことを思い出してほしい」

浬の言葉を聞きながら、和奏はほろほろと涙を零す。決して泣かせたいわけではなかった。楽しいクリスマスにしたかった。笑っていてほしかった。それでも、今の和奏に必要だと思った言葉を、浬は言わずにいられなかった。

和奏は両手で顔を覆い、何度も頷く。和奏が浬を受け入れてくれたのだと思うと、浬まで泣いてしまいそうだった。

＊

寒い季節が終わり、春が訪れた。

浬は隣を歩く和奏に意識を向け、ほんのりと口を緩める。和奏の目は真っ直ぐ前を向いていて、浬の視線には気付いていないようだ。その理由がわかっているから、嬉々とした様子を見ているだけで、浬まで嬉しくなってくる。

二人は今、高校の中庭を目指しているところだ。もうすぐ春休みが終わり、新学期が始まる。その前に、こうしてこっそり忍び込んできたのは、中庭に咲く桜を見るためだった。


「誰もいない学校って、なんだか興奮するね！」

「そうかな。別にいつもと変わらないよ」

「浬くん、冷たい。ちょっと悪いことするのって、ドキドキするじゃない？　しかも、
今は二人きりなんだよ？　ドキドキするでしょ？」

「それは、まあ……」

和奏は、ハッキリしない返事をした浬のことを隣から覗き込むと、前に立ち塞がった。

「びっくり、なに？」

「ドキドキさせてやる！」

「いや、もう今ので充分、うわっ」

和奏は浬の言葉を遮ると、その腕の中に飛び込んできて、腰に手を回した。和奏の頬
が胸に押し付けられ、絹のような髪が風に揺れて、浬の顎を撫でていく。腰に回された
両手にぎゅっと服を掴まれると、心臓まで掴まれたように痛みを感じた。

「浬くんの心臓、速い」

「あ、当たり前だよ！」

浬は行き場のわからない両手を上げ、甘えるように擦り寄ってくる和奏の旋毛《つむじ》を見つめる。和奏のほっそりとした身体は想像していたよりもずっと柔らかくて、シャツ越しに感じる温もりが浬の体温を上げていった。

「驚いて速くなったんじゃないの？」

「それもあるけど、こんなふうに抱きつかれたら、誰だって……もしかして、君にとっては平気なことなのかな」

不意に過《よぎ》った考えに、沸騰しかけていた血液がスッと凪いだ。浬は答えを聞くのが怖くなり、上げていた両手を和奏の身体に回し、二人の間にあった隙間をなくした。

「えっ、ちょっと待って。私だって、ドキドキしてるよ。当たり前でしょ？　あなただからドキドキするんじゃない」

和奏の手が浬の身体を離そうとしていることに気付き、浬は抱き締める力を強める。

「僕も、君だからドキドキするんだけど？」

低い声で囁いた浬は、腕の中で固まってしまった和奏のこめかみに、掠《かす》めるように唇で触れた。和奏から息を呑む音が聞こえ、浬はにやける口元を髪に埋《うず》めて隠した。

「もうっ、行くよ！」

ついに大きな声を上げた和奏は、強引に浬の腕の中から抜けると、桜の木に向かって歩き始めた。後ろから追いかけながら、笑いを堪えるのはなかなか大変だ。

「可愛いなぁ」

浬が思わず漏らした言葉は、前を歩く和奏の耳にも届いたのか、両手で顔を覆い、立ち止まってしまった。

「ずるい」

「ごめんって」

可愛らしい和奏の苦情に、浬は苦笑した。顔を覆っている手を掴み、指を絡める。真っ赤な顔をした和奏が睨み上げてくるが、そんな表情さえも、浬の心に突き刺さる。本当にずるいのは、和奏のほうなのに。恋愛がわからなかった浬に、人を愛おしいと思う気持ちを教えたのだから。浬は繋いだ手をぎゅっと握り締める。付き合う前よりも、付き合い始めた頃よりも、和奏の存在は大きくなるばかりだ。何かに執着することのなかった浬の唯一の執着、それが須藤和奏である。

目の前に現れた桜は満開を迎えていた。まるで、和奏のために咲いているかのように咲き誇り、優しい色合いで二人を包み込む。二年前に見た桜よりも美しく感じたのは、繋いだ手の温もりのお蔭だろうか。それとも、二人の間に生まれた新しい感情のお蔭だろうか。浬は手に感じる温もりを放したくないと、強く思う。

「座る？」

和奏は浬の言葉に頷くと、桜の木にもたれるように座った。浬もその隣に腰を下ろし、二人同時に頭上で咲く桜を見上げた。

「綺麗だね」

「そうだね。去年は一緒に見られなかったしね。すごく嬉しい」

和奏はそう言うと、浬の肩に頭を乗せた。校内には人の気配はなく、いつもの賑やかさもない。さらさらと穏やかに流れる風と葉擦れの音が、浬の耳を擽《くすぐ》っているだけだ。しばらく、二人は無言で眺めていたが、沈黙を破ったのは浬のほうだった。

「誕生日おめでとう」

「あ、ありがとう。私、話したっけ？」

和奏は照れくさそうに笑いながら、首を傾げる。浬は流れた髪に触れ、指でくるくると遊ばせる。

「いつだったかな。二人で話していた時に言っていたよ。桜の季節に生まれた君へのお祝いは、出逢った桜の木の下でしたかったんだ」

「……嬉しい。これまでで、一番嬉しい誕生日だよ」

「じゃあ、これも喜んでくれるといいな」

浬は隣に置いてあったリュックサックから、小さな箱を取り出し、和奏のほうへ差し出す。それを見た和奏は大きく目を見開き、唇を震わせた。

「これって……」

「開けてみて」

浬は小さな掌に箱を載せ、淡く微笑む。いろいろ考えてみたけれど、浬の中でこのプレゼントだけは譲れなかった。

和奏の手が震えているのは、プレゼントの形状から予測できているからだろう。浬はその反応が良いものであることを願いながら、ゆっくりと開かれていくプレゼントの行方を見守った。

「浬くん……」

浬は開かれた箱からシルバーのリングを取り出し、和奏の右手を取った。薬指にはめられた指輪を見つめ、和奏は息を漏らす。

「僕たちはまだ高校生で、何も知らない子どもだけど、僕は初めに言ったように、君とずっと一緒にいたいと思ってる。毎年、この桜を二人で見たい。君の喜ぶ顔を見るためなら、どんなことでも頑張るよ。恋愛感情がわからないと言ったけど、きっと君を大切に想う気持ちが、僕の『好き』なんだと思う……泣かせるつもりじゃなかったのに、ごめん」

浬の言葉の途中から、肩を震わせ始めた和奏だったが、ついに大粒の涙を落としてしまった。浬は小さな身体を抱き寄せ、髪をそっと撫でる。髪の明るい栗色が地毛だと知った時は驚いた。学校を休みがちなのも、授業を抜けることが多いのも、すべて体調のせいだ。つまり、和奏は決して不真面目でもないし、反抗しているわけでもない。ただ、普通であることを誰よりも望んでいる女の子だ。

「私も、ずっと一緒にいたい。毎年、二人で見る桜は綺麗だろうな。大人になって、おじさんとおばさんになって、おじいちゃんとおばあちゃんになっても、桜だけは二人きりで見たい」

涙に濡れた頬に、浬は手を添えた。

「いつか、左手の薬指にも」

和奏の目元を労わるように、そっと唇を押し当て、それから唇にキスをした。触れるだけの、優しくて温かいファーストキスだった。

「このまま、時が止まってしまえばいいのに」

唇を放しただけの至近距離で和奏がつぶやいた一言に、浬はくすりと笑い、頷いた。

それが、浬の解釈とは異なる思いで吐き出されたものだとは気付きもせずに。

第五章「ヒヤシンス」

三年生でようやく同じクラスになったことを喜んでいた二人が、動物園デートに出かけた日のことだった。雲一つない快晴で、暑くも寒くもない、カラリとした過ごしやすい気候であり、和奏の体調のいい日も続いている。そんな絶好のデート日和に、浬は珍しいほど気持ちが高揚していた。

早めに家を出た浬は電車に揺られながら、Tシャツの中に隠れているネックレスを指で撫でた。クリスマスから常に身に着けているネックレスはすっかり馴染んでおり、ないと落ち着かないほどだ。和奏も同様に、毎日着けていると言う。誕生日にあげた指輪も、休日には着けてくれていて、彼女が嬉しそうにしているのを見ているだけで、浬も幸せな気持ちになれる。二人の仲は順調だった。

やはり、待ち合わせ時間よりも早く来た和奏と合流し、動物園へと向かった。そこから二駅のところにある動物園は、この辺りで一番大きく、家族連れから恋人まで、多くの人が遊びに行く場所になっている。

動物園のエントランスを抜けてすぐ、二人は園内マップを開いてコースの相談をした。結局、和奏の体力を考えて、順路に沿って最短で行くことにし、手を繋いで、ゆっくり歩き始める。

「久しぶりだな。昔、家族でよく来たんだ。お兄ちゃんと走り回って、お母さんに叱られたり、お弁当を食べている時に、私がおにぎりを落として泣いちゃったり、いろいろな思い出があるんだよ」

繋いだ手をゆらゆら揺らして、和奏は楽しそうに笑った。浬は小さな頃の和奏を想像し、だらしなく緩んだ口元を拳で隠した。

「仲のいいご家族なんだね。うちは両親が不仲だったから、こういうところに連れてきてもらった記憶がないんだ」

「そっか」

それ以上、何も聞いてこない和奏を見やり、小さく息を吐く。恐らく、和奏は以前から何かを感じていたのだろう。

「別に、気にしていないんだ。それが当たり前だったし、家族ってそういうものだと思っていたから。本当に小さな頃は、もしかしたら両親も仲が悪くなかったのかもしれないけど、仲のいい二人を想像することは難しいな」

浬は努めて明るい声で話したつもりだったが、和奏の顔がどんどん下がっていくことに気付き、慌てて周囲を見渡した。

「あっ、ほら一つ目の動物だ。最初はカバだったね」

不自然であることはわかっていたが、上手くフォローする自信のない浬にとっては、この切り替えが最適解であった。隣を見てみると、表情は陰っているものの、和奏の視線はカバのほうを向いている。

「ね、行ってみよう」

郵便はがき

料金受取人払郵便

新宿局承認

2523

差出有効期間
2025年3月
31日まで
(切手不要)

1 6 0-8 7 9 1

1 4 1

東京都新宿区新宿1－10－1

(株)文芸社

愛読者カード係 行

お名前《ふりがな》				明治 大正 昭和 平成	年生 歳
ご住所《ふりがな》	□□□-□□□□			性別	男・女
お電話番号	(書籍ご注文の際に必要です)	ご職業			
E-mail					
ご購読雑誌(複数可)			ご購読新聞		新聞

最近読んでおもしろかった本や今後、とりあげてほしいテーマをお教えください。

ご自分の研究成果や経験、お考え等を出版してみたいというお気持ちはありますか。

ある　ない　内容・テーマ(　)

現在完成した作品をお持ちですか。

ある　ない　ジャンル・原稿量(　)

書　名					
お買上 書　店	都道 府県	市区 郡	書店名		書店
			ご購入日	年　月	日

本書をどこでお知りになりましたか?

1.書店店頭　2.知人にすすめられて　3.インターネット(サイト名　　　　)

4.DMハガキ　5.広告、記事を見て(新聞、雑誌名　　　　)

上の質問に関連して、ご購入の決め手となったのは?

1.タイトル　2.著者　3.内容　4.カバーデザイン　5.帯

その他ご自由にお書きください。

(　　　　)

本書についてのご意見、ご感想をお聞かせください。

①内容について

②カバー、タイトル、帯について

弊社Webサイトからもご意見、ご感想をお寄せいただけます。

ご協力ありがとうございました。

※お寄せいただいたご意見、ご感想は新聞広告等で匿名にて使わせていただくことがあります。

※お客様の個人情報は、小社からの連絡のみに使用します。社外に提供することは一切ありません。

■書籍のご注文は、お近くの書店または、ブックサービス(0120-29-9625)、セブンネットショッピング(http://7net.omni7.jp/)にお申し込み下さい。

浬は手を握り直し、スピードは上がらないように気を付けながら、少し強引に引いた。足取りにおかしな様子がないことを確認しつつ、浬は頭の中で考えを巡らせる。和奏は優しい心の持ち主であり、気遣いのできる子だ。だからこそ、人の傷にも敏感なのだろう。浬は自分の家族の話を禁句にすることにした。

その後は、和奏も気分を切り替えてくれたお蔭で、平穏にさまざまな動物を楽しむことができた。

「ちょうど半分くらい回ったかな。そろそろご飯にする？」

園の一番奥までたどり着いたところで、時刻は昼時を指していた。二人がたどり着いたところは、ベンチが置かれた休憩スペースになっている。そこで、座るために声をかけようとして、和奏の顔を覗き込んだ。その瞬間、浬の呼吸が止まった。和奏の顔色が悪く、表情が険しくなっていたのだ。

「気付いてあげられなくて、ごめん！　あそこまで行ける？　いや、背中に乗って」

背中に冷たいものが走り、心臓が暴れる。体調が悪い様子を見たことがないわけではなかったが、ここまでつらそうなのは初めてだった。もっと早く気付いてあげられたら、ここまで悪化することはなかったかもしれない。

浬は何度も謝罪の言葉を口にしながら、和奏を背負い、一番近くのベンチまで走った。背中に感じる重みは、思っていたよりも遥かに軽い。そのあまりの軽さにゾッとした。

ベンチまで来ると、慎重に座らせて、正面に膝をついた。顔を覗き込むと、やはり様子がこれまでと違うことが見て取れる。最も違うのは、和奏の反応があまりないことだ。

「横になったほうがいいかも。いや、それよりも人を呼んだほうがいいのかな。どうしよう……少し休めば回復するのか、そうじゃないのかもわからない」

その時、和奏の膝に乗せていた手に、和奏の手が乗った。浬はハッとして、顔を上げると、苦しそうな呼吸を繰り返す和奏が浬を見つめていた。

「大丈夫。でも、ごめんね。鞄の中に病院の――」

「危ない！」

和奏は耳を近づけないと聞こえないほどか細い声で話したが、その途中で浬のほうへと倒れ込んできた。なんとか抱き留めたものの、地面に崩れ落ちてしまった。上半身だけは浬の腕にあるが、だらりと落ちた腕が和奏の異常性を突き付けてくる。

「きゅ、救急車……誰か、救急車を呼んでください！」

自分の声が自分のものではないような錯覚を起こす。身体の感覚も失ってしまったのかもしれない。恐怖のせいで、身体が震え、まるで分厚い膜で覆われているかのように、すべての音が遠く聞こえた。そんな中で、確かにわかるのは、腕の中で意識を失っている和奏の存在だけだった。

救急車が到着するまで、浬は和奏を強く抱き締め、叫び出したいのを必死に堪えた。このまま和奏が目を覚まさなかったら、自分がどうなってしまうか、想像ができなかった。いや、想像したくなかった。

浬は腕の中で目を閉じる和奏を見つめ、呻吟《しんぎん》する。

「ねえ、起きて。まだ、デートの途中だよ。今日を楽しみにしていたもんね。まだ時間はあるよ。見たいって言っていたキリンはこれからだよ。君が作ってきてくれたお弁当、僕は楽しみにしていたんだ。一緒に食べようよ……今、苦しいのかな。痛いのかな。ごめん、気付いてあげられなくて、本当にごめん。どんな罰でも受けるから、目を開けてよ、お願い」

救急車が到着するまでの永遠とも思える時間、浬は意識のない和奏に話しかけ続けた。それでも目が開くことはおろか、身動《みじろ》ぎ一つしない和奏を見ていると、いつか体温までも失われていくのではないかという恐怖が、浬を呑み込もうとする。

そんな地獄のような世界の中で、不意に肩に手が置かれ、浬は勢いよく顔を上げた。

「患者さんを見せていただけますか」

救急隊員の男性が、浬の上から和奏を覗き込んでいる。

「助けて……助けてください！　早く病院に――」

連れて行って、治してほしい。そう続けたかったのに、嗚咽が邪魔をして言葉にならない。和奏は救急隊員によって、救急車へと運ばれ、浬は促されるまま着いて行くことしかできなかった。

救急隊員が病院を探している最中に、和奏の言葉を思い出したのは奇跡に近い。浬は和奏の鞄の中を探り、病院の診察券とヘルプマークを見つけた。持っていることも知らなかったヘルプマークの裏面には大学病院と主治医の名前が書かれていて、病名も記されていた。

『拡張型心筋症』

浬には聞き覚えのない病気だった。心臓疾患だということは、なんとなくわかる。しかし、それがどういった病気で、どのくらい危険なのかまではさっぱりわからない。そのことが、浬の不安をより強烈なものにした。

病院に到着すると、和奏はすぐに処置室に運ばれていったため、浬にはまったく状況が掴めなくなった。救急外来待合には数人が座っていたが、それほど人は多くない。浬は一番隅の椅子に腰を下ろし、背もたれに体重を預けた。

扉の向こうでは、慌ただしく医師や看護師が動いているのだろうが、待合のほうまで聞こえてくる音はなく、それどころか静まり返ってすらいる。浬は胸を押さえ、歯を食いしばった。

できることがないというのは、とてももどかしい。大人であっても、それは変わらないはずなのだが、浬には自分が子どもであることが原因のように感じられ、胸がひどく痛む。——時間は粛々と過ぎていく。その間、浬は孤独に、ただひたすら祈り続けた。

頭を抱えて座っていた浬の耳に、ふと、数人の足音が入ってきた。頭を上げると、夫婦と思われる二人と一人の青年が受付で話をしている様子が目に入った。静まり返った空間に、和奏の名前が聞こえた気がして、浬は慌てて立ち上がり、その三人のほうへ向かった。

「あの、すみません。須藤和奏さんのご家族の方でしょうか。僕は大塚浬と言います」

浬の言葉に一番に反応したのは、年の近い青年だった。目元が和奏にそっくりで、すぐに兄——慧《けい》だとわかった。

「大塚くん、和奏が君のことをよく話していたよ。母さん、彼が和奏の付き合っている人だよ」

慧に紹介されたのを受け、浬は深々と頭を下げた。

「一緒にいたのに異変に気付いてあげられませんでした。謝っても許されることではないと思いますが、本当に申し訳ありません」

「浬くん、頭を上げて」

和奏の母親——凛《りん》の声は思っていたよりも落ち着いていて、浬は驚いた。和奏は救急車で運ばれるくらい、深刻な状態だった。状況がわからない浬には死という恐怖があるのに、家族である三人は冷静を保っているように見える。

「詳しい状態はまだわからないけど、命に関わる事態は避けられたみたいだから、ひとまず安心して。ここではなんだから、ゆっくり話せるところに行きましょうか」

浬は頷き、歩き始めた三人に着いて行くことにした。慣れた様子で進んでいく家族の後ろ姿に、和奏のこれまでが想像できた。恐らく、ここに通い慣れているのだろうし、救急車で運ばれたこともあるのかもしれない。今の状態になることを覚悟していた可能性もある。いずれにしても、それは良くない情報ばかりだ。

浬が案内されたのは、心臓内科病棟にある談話室だった。向かい合ったソファーの一つに和奏の両親が並んで座り、浬の隣には慧が座った。

口を開いたのは、これまで一言も話していない父親――大輝《ひろき》であった。

「処置が終わったら、和奏はここに運ばれてきます。このまま入院になるでしょう」

「そう、ですか」

少し考えれば、入院になることはわかったはずなのに、浬の中でその可能性が浮かんでおらず、言葉少なに返事をするのが精一杯だった。

「大塚くんと言ったね。君は和奏から、何か聞いているかな？」

「いえ、何も聞いていません。すみません。僕がきちんと聞いていれば、連れ回すことなく、体調を崩すこともなかったのに」

視線を下げた浬の視界の端で、大輝が首を振ったのが見えた。

「君は何も悪くない。恐らく、和奏は君に打ち明けるのが怖かったんだろう。君の態度が変わってしまうのが嫌だったのかもしれないし、病気を、いや、自分の置かれた状況を認めたくなかったのかもしれない」

大輝の深刻な表情から目を逸らしてしまいたくなる。凛は俯き気味に膝の上で両手を強く握っている。

ああ、だから、あの子は逃げたくなったのか。浬はなんとなく、そう思った。今、浬が逃げ出したくなったように。

「もし、君が嫌でなければ、話を聞いてくれるかい？」

浬は胸に手を当て、ネックレスの輪郭を確かめた。和奏から託された想いを、本当の意味で受け取る時が来た。和奏は浬の言葉で、逃げるのをやめてくれた。それなら浬も逃げるわけにはいかないだろう。浬は真っ直ぐ大輝を見据え、しっかりと頷いた。そして、和奏の病気について説明を受けた。

『拡張型心筋症』

これは、心臓の筋肉の収縮能力が徐々に低下していくことで、全身に血液を送ることができなくなり、心不全や不整脈を起こす原因不明の病気である。進行性の疾患で、現在は治療技術の進歩により、進行を遅らせることができるようになってきたが、根治のためには心臓移植が有効だという。しかし、ドナーが見つかりにくいなどといった問題があり、簡単にいかないのが現状だ。人によって適切な治療法が異なり、中には投薬治療でも改善が見られるケースがあったり、心臓移植以外の手術で良くなるケースもあったりするようだが、和奏のケースは進行が速く、これまで試した治療も期待した効果を得ることができなかったそうだ。

「簡単に言うと、和奏は心臓移植を受けなければ、そう長くは生きられないということなんだよ」

大輝はそう締めくくると、隣の凛を抱き寄せ、震える肩を撫でた。浬は真っ白になるほど握り締めた拳に視線を落とし、唇を噛んだ。血が滲んでいることはわかっていたが、上手く力を抜くことができない。

屋上での和奏の言葉を思い出す。

『自由に生きられないんだったら、死ぬ時くらいは自由に選ばせてよ』

その言葉の裏には、いつ死んでしまうかわからない不安と恐怖が隠れていたのだ。徐々に失われていく心臓の機能を知るのは、死のカウントダウンを突き付けられているのと変わらない。それは浬の想像が及ばないほど恐ろしく、何度も絶望を味わってきたに違いない。中学生の頃に発症した和奏が受け止めるには、重すぎる宣告だった。

「病気と現状については理解できたと思います。ですが、まだ受け入れられません。すみません」

「謝る必要はない。こんな話、簡単に受け入れられるものじゃない。何年も向き合ってきた私たちですら、完全には受け入れられてないんだ。和奏の病気について話すのは、まだ若い君には酷だということはわかっている。それでも聞いてもらったのは、私たちの我が儘だ。和奏はずっと和奏らしさを失っていた。そんなあの子に、生きる希望を与えてくれたのは君だ。だから、これからも支えてやってほしい。しかし、和奏から離れることも、君は選択できる。それは決して悪いことではないし、責めることもしない。よく考えてほしい」

「……はい」

辛うじて返事ができた浬は、茫然としたまま、立ち上がった。

「送って行こうか？」

「いえ、いろいろと考えたいので、自分で帰ります」

浬は頭を下げると、談話室から出た。

休日の病棟は、救急外来とは異なり、多くの見舞い客と患者が行き来していた。浬が何度か、人にぶつかりそうになりながら、エレベーターホールまでやってきたところで、後ろから声を掛けられた。振り向けば、眉を八の字にした慧が立っている。

「少しいいかな」

浬が頷くと、エレベーターホールの端に行き、二人並んで窓の外に目を向けた。五階からの景色は、朝と変わらない澄み渡る青空が広がっていて、浬は眉間にしわを寄せた。朝はあれほど嬉しかった天気だが、今では憎らしく思える。

「和奏の手紙、俺が勝手に君に渡していたんだ。もしかしたら、和奏から聞いているかもしれないけど」

「はい、彼女もお兄さんだと話していました。本当は、僕に渡すつもりはなかったって」

慧の視線は遠くにある。浬も同じほうへ目を向けてみて、浬たちの通う高校が見えることに気付いた。入院中の和奏も、ここから学校を見ていたことがあるのではないだろうか。その時の和奏は、悲しい、寂しいと思っていたんじゃないか。そう思うと、胸が張り裂けそうになる。

「俺もあの時は同じ高校に通っていたから、できたことなんだけどね……夏休みの間、和奏は治療のために入院していたんだ。ある日、頼まれた本を探していて、偶然、手紙を見つけたんだ」

「でも、普通は勝手に渡したりしないんじゃ」

「うん、普通なら俺もしなかった。でも、その頃の和奏が限界を感じていたことには気付いていたから、藁にも縋《すが》る思いだった。中は読んでないから、全くの見当違いの可能性もあったんだけど。君のことは知らなかったしね」

そう言うと、慧は浬のほうを見て、力の抜けたような笑顔を見せた。本当は笑う元気なんてない。そんな様子に、浬は無意識に高校へ目を向ける。

「お兄さんにとって、大きな賭けだったんですね。それにしても、手の込んだ渡し方だったのでは？」

「少しでも印象付けたかったから。君が和奏を知っているのかも、友達だったとして、どの程度の仲の良さなのかも、俺は知らないし。とにかく、必死だった」

「あの手紙、差出人の名前がなかったんです。途中で気付いたんですけど、しばらく気付きませんでした。だから、すぐに彼女だと気付きませんでした。途中で気付いたんですけど、しばらく学校に来ていないと言われるし、どうしたらいいのかと悩みました。最後の手紙に別れの言葉が書かれていて、彼女を探し出せたことも、間に合ったことも、思い留まってくれたことも、全部、奇跡です」

浬は右手で髪をくしゃくしゃにして、顔をしかめる。今でも、間に合わなかった場合を考えるだけで、足が震えてくる。

「別れの言葉が……そこまで追いつめられていたんだな……そうか」

慧は和奏の飛び降り未遂を知らなかったのか、ひどく狼狽《うろた》えた様子を見せた。

「だから、お兄さんには感謝しています。あの手紙がなかったら、今、彼女はいなかったと思います」

そのくらいの決意を感じた。それは、和奏の現状を知って、よりハッキリと感じたことだった。

「俺のほうこそ感謝という言葉では足りないよ。父さんも言っていたけど、これからどうするかは、君の自由だ。和奏を支えていくのは家族であって、他人の君にまで強要することはできない。だけど、やっぱり俺は、和奏には君が必要だと思ってる。あんなに幸せそうにしているあの子を、本当に久しぶりに見た。着実に病状が進んでいっても、顔を上げていられるようになった。もちろん落ち込んでいたり、泣いたりすることがなかったわけじゃない。でも、必ず前を向いて立ち上がっていたよ」

「わかっています。たぶん、もう自分の気持ちは決まっているんです。でも、勢いだけで考えたくない。冷静に考えて、曖昧な思いからではない決意を持って、彼女と向き合いたい。そうしないと、いつか自分の心が弱くなって、逃げ出したくなるかもしれない。そうなってしまった時に、自分の弱さを言い訳にしたくないんです」

「君は、強いんだね」

「いえ、弱い人間です。今までそんなに頑張ることなんてなかったし、逃げ道を探すとのほうが多かった。そんな奴です。今だって、すごく怖いです。それでも、彼女と約束したんです。絶対に、傍にいるって。その約束だけは守りたい。ただ、それだけしか考えられていないです」

浬は真っ直ぐ、慧を見つめた。探るような視線を向けていた彼だったが、大きな溜息をつくと、窓枠に手をつき、こつんと頭をぶつけた。

「兄である俺のほうが、決意が足りない気がするよ」

浬は慧に別れを告げ、帰路に就いた。機械的に足を動かしながら、思案する。弱音を吐かないなんてことは、まずあり得ないだろう。大切な人の死を間近に感じながら、弱っていく姿を見ていくのはつらいに決まっている。ましてや、浬は普通の高校生だ。できることは、文字通り、和奏の傍にいることくらいだろう。気付くと視線が下がっていて、そのたびに無理やり顔を上げる。そうして、いつもよりも時間をかけて、家までたどり着いた。

浬は自分の部屋に入ると、ベッドに身体を投げ出した。どんどん沈み込んで、埋もれて、消えてしまいそうだ。浬は枕に顔を押し付け、大きく息を吐き出した。

「くそっ」

無意識に出てきた言葉は、普段言わないようなものだった。それというのも、慧の前でいい子ぶってきたことの罪悪感が頭の中を占めていたからだ。決して嘘をついたわけではないが、本音ではそこまで割り切れていない。決意を固めなくてはと思っているが、和奏の現状や未来を受け入れて、支えていくなんて、自分には不可能だという仄暗い感情が浬を呑み込んでいく。

「誰か、僕に教えてくれないかな。この状況を受け入れる方法を」

ごろんと仰向けになり、天井をなんとなく眺める。いつもと変わらない光景なのに、まったく別の世界に来てしまったような気持ち悪さを感じ、両手で顔を覆った。

「君は、僕のお願いをどんな気持ちで聞いてくれたのかな。逃げて、楽になってしまいたかったんだよね。逃げたくもなるよね。あんなに苦しそうにしていたんだ。今までも、これからも、それが続くなんて」

死を突き付けられた人の気持ちなんて、考えたことがなかった。生きていれば、いつか向き合うことになるというのは理解しているつもりだったが、それはずっと先のことだと思っていた。

「君が死んでしまうかもしれない」

それは、先のことかもしれないし、間近に迫っているのかもしれない。言葉にしたことで、急激に感情が爆発し、涙が込み上げた。辛うじて堰《せ》き止めていたものが決壊し、滂沱《ぼうだ》となる。

「そんなの嫌だ。まだ十八歳になったばかりなんだよ。これから、楽しいことも嬉しいこともあって、もっと幸せになれるはずなんだ。二人で叶えていきたいと思っているのに。それを全部奪われる？　そんなこと、あっていいわけない！」

悲痛の叫びが、部屋の空気を震わせる。涙に濡れた顔を乱雑に擦《こす》り、拳で頭を叩いた。躊躇《ためら》いのない力だったが、痛みを感じることはなかった。心が破れ、血が流れ出す。その痛みのほうが強すぎて、猛烈な勢いで、現実から乖離していく。浬の慟哭《どうこく》はやむ気配がなかった。

第六章　「サザンカ」

「ごめんなさい。和奏、今日も会いたくないって言っていて」

「わかりました。また来ます」

浬は病室の前で困った顔をしている凛に頭を下げた。

和奏が運ばれた翌日から、浬は毎日、病院に通っているのだが、状態が安定したと聞かされたあとも、こうして会えない日が続いていた。大きな病気にかかったことがない浬には、苦しんでいることはわかるのに、今の和奏の気持ちがはっきりと掴み切れず、会ってもらうためにどうしたらいいかも、さっぱりわからない。

浬は閉じられたままのドアを見つめ、溜息を飲み込む。メッセージも送ってみたが、未だに既読になっておらず、浬の言葉は何一つ、和奏に届いていなかった。

正直なところ、聞かないとわからないから、今の気持ちを教えてもらいたいと思う。会ってくれない理由も聞かせてもらえないと、どうアプローチすればいいかもわからない。しかし、浬が自分で考えて、会ってもらえる努力をしないと、和奏の心まで届かないということも理解している。

それに、浬の心の準備不足が、和奏にも伝わっているのではないかとも思う。悲しみ、不安、恐怖、絶望――。生まれてこの方、これほど多くの負の感情が自分の中に混沌と渦巻いた記憶はない。時間が収めてくれるかと思ったが、そうそう簡単なものではないようだ。

和奏は、浬と同じ教室で授業を受けることを楽しみにしていた。浬も照れくさくて口にはしなかったが、和奏の姿を教室で見られることを嬉しく思っていた。そこにいてくれるものだと信じていた。それなのに、教室に行っても、和奏の席は空席のまま。初めは心配そうにしていたクラスメイトも、最近はいないことに慣れてしまったのか、あまり気にする生徒はいない。そのことにも、浬は悲しみを募らせている。

浬は病院を出て、止まりそうになる足を叱咤しながら、駅に向かって歩いた。すれ違う人が笑い合っている様子を見るたびに、無性に当たり散らしたくなる。浬だって、何も知らない頃は不器用だと言われる笑顔で、何も考えることもなく、日々を過ごしていたというのに。八つ当たりだとわかっていても、心が上手くコントロールできない。

駅前に到着し、浬が何気なく顔を上げると、床屋の看板が目に飛び込んできた。毎日のように通る道にもかかわらず、そこに床屋があることを知らずにいた。不意に、和奏の姿が浮かぶ。

「目が好きだって、言ってたな」

隠さないで出してほしい、とも。浬の足は自然と床屋に向かう。焦りだけが積もり続ける中で、なんとかして決意を固めたい浬に必要なのは、わかりやすい変化ではないだろうか。そう思い至ったのは、偶然でありながらも、和奏の言葉と想いが導いてくれたきっかけなのかもしれない。


長めだった髪は全体的に短くなり、特に目元はさっぱりさせた。翌朝、鏡を見た時は学校に行く勇気を失いそうになるほど、浬にとっては大きな変化になった。実際、学校では仁嗣に大袈裟に驚かれ、からかわれたのだから、客観的に見ても違いは明確であるということだ。

心境のほうはと言うと、期待していたよりも変化があった。強くなったわけでもないし、吹っ切れたわけでもない。それでも、和奏の前で笑っていようと心に決めることはできた。

浬は短くなった髪を撫でてから、病室のドアをノックした。すぐに凛が開けてくれたものの、申し訳さなそうな表情をしていることから、和奏が拒否していることはわかる。

「ごめんなさい。今日も……」

「あの、今日は強引に入らせていただくことはできないでしょうか。僕の顔を見て、不安定になるようなら、すぐに出て行きます。でも、彼女の閉ざした扉を開けるきっかけを作りたいんです。お願いします」

浬が深く頭を下げると、上から小さな笑い声が降ってきた。頭を上げた浬が見たのは、凛が頬に手を当てて、困ったように笑っている姿だった。やはり無理なお願いだったかと諦めようとした時、先に凛が口を開いた。

「浬くんはおとなしそうに見えて、強いところがあるのね。髪を切ってきたのは、気持ちの表れかしら?」

浬は前髪を摘まんで、恥ずかしそうに笑った。

「強くはないんですけどね。髪は、そうですね。単細胞なので、こういうことでしか、気持ちを切り替えられませんでした」

浬は自分が強いとは思えないが、客観的に見て強そうに見えるのなら、それに越したことはない。和奏の目にそう映ることが、浬の望みなのだから。

「ありがとう。あなたがそんな人だから、和奏は惹かれたんでしょうね。わかったわ。入ってみて。私は少し外しているわね」

「ありがとうございます！」

凛は浬に微笑みかけ、廊下を歩いていった。浬はその後ろ姿が見えなくなるまで見送ってから、深呼吸を三回する。肩を上げて、すとんと落とす。それから、右の太腿を二度叩いた。

浬はあえてノックをせずに、ドアを開けた。個室のため、病室内は物音ひとつなく、ベッドとテレビ、備え付けの床頭台、荷物を入れておくロッカーやベッドサイドテーブルが置かれているだけだ。飾り気のない部屋の中で、ベッドがふっくらと盛り上がっていた。

「久しぶり」

浬が声を掛けた瞬間、布団が跳ね上がり、和奏が顔を出した。泣いていることが多かったのか、目元が赤く腫れてしまっている。何時間も何日も、和奏は一人で泣き続けていたのだろう。そんなことはわかっていたはずなのに、実際に見た痛々しい姿に、浬の心臓に穴が開いた気がした。

「……どうして」

「どうしても会いたくて、頼んで入らせてもらったんだ。だから、お母さんは悪くないから、怒るなら、僕に怒ってね」

浬がベッドサイドに近づくと、和奏は慌てて髪を手櫛で整えた。横になったままのせいで、上手く整えられたわけではないが、そんなことよりも女の子らしい行動が可愛らしくて、思わず浬は小さく笑い、髪をそっと撫でた。

もしかしたら嫌がるかもしれないと心配したが、和奏は顔を赤らめて顔を横に向けただけで、怒る様子はない。

「怒ってるのは、浬くんのほうだよね」

曇った表情に不安と罪悪感が滲み出ていて、浬は布団の上に乗っていた和奏の手を握った。ひんやりとした手は相変わらず滑らかで、ずっと握っていたくなる。

「どうして僕が怒るの？」

「だって、ずっと会わないで、メッセージも無視して。私、すごく嫌なことしかしてない」

　顔が浬とは反対のほうへ向いていくのを見て、浬は頬に手を当てて、こちらを向くよう促した。素直にこちらを向いてくれた和奏に微笑み、頬にそっと口づける。

「僕は君が何をしても、怒ることはないと思う。何でも許せちゃう気がするんだ」

「私は浬くんに嫌な思いばかりさせるかもしれないよ」

　和奏は溢れそうになる苦痛を必死に堪えているように、声を震わせる。浬がさまざまな思いを抱いている以上に、和奏も負の感情に押し潰されそうになっているのだろう。

「それでもいいよ。笑ってくれると僕も笑顔になれるし、喜んでくれると僕も嬉しくなる。悲しんでいる時は傍にいてあげたいし、怒っている時は受け止めたい。不安な時は落ち着けるまで寄り添いたいし、怖い時は守ってあげたい。僕にとって、君から与えられるものはすべて、とても大切なものだから」

　浬が親指で頬を撫でると、和奏はその手を覆うように触れ、すりっと頬を寄せた。

「浬くんって、甘いよね」

「そうかな。普通じゃない？　それにね、結局、僕にできることは限られていると思うから。それでも、僕のすべてを君に捧げるつもりでいるよ」

浬は先ほどから止めどなく流れている和奏の涙を人差し指ですくい、両手で頬を覆った。しっとりとした肌が擦《す》れてしまっている。

「いっぱい、泣いたね。つらいよね。ごめんね、ずっと気付いてあげられなくて。一人で耐えさせてごめん。これからは、僕も一緒にいるから。泣くのは僕の前にしてほしいな。そうじゃないと、涙を拭ってあげられない」

声を殺して泣き始めた和奏を見ていると、浬も涙が込み上げてくる。しかし、短くなった前髪は目元を隠してはくれないのだから、和奏の前では涙ぐむことすら許されない。それは、浬の中だけの密かな信義なのだ。それから、和奏は浬の手を握ったまま、しばらく泣き続けた。

徐々に涙が収まってきた和奏が気まずそうな表情を浮かべて、浬を見上げてきた。ずっと見守っていた浬はすぐに気付き、意識して口角を上げる。

「浬くん、髪が」

その言葉に、浬は髪を指で摘んで、引っ張った。

「うん、短くした。君と生きていくために。だから、君に掛けられた鍵を開けに来たんだ」

そう言って、浬は首元からネックレスを出した。窓から射し込んでいた陽光が反射し、二人を導くかのように光った。すると、和奏は布団を勢いよく被り、隠れてしまった。

想像していなかった反応に、浬は慌てて立ち上がる。強引にこじ開けることはためらわれ、布団に触れては離しを数度繰り返した。

「……私と、生きるの？」

気を抜いていると聞き逃してしまいそうな声がして、浬は耳を澄ませる。

「うん、生きよう。生きていこう」

「病気のこと、聞いたんでしょ？　もう無理なんだよ」

浬はこっそり息を吐き、和奏が隠れている布団をそっとめくって、覗き込んだ。和奏は布団の中で浬のほうを向いていたようで、思わぬ至近距離で目が合った。互いに目を見開き、息を呑んだものの、浬はすぐに目元に笑みを湛え、和奏の額にかかる髪を指で流す。

「聞いたよ。たぶん、隠された部分はなくて、全部聞いたんだと思う」

「だったら！」

「それでも、僕は君といたい。離れるなんて考えられなかったよ。僕には何の力もないし、心強い支えにはなれないかもしれない。それでも、君の逃げ場になれるなら、どんなことでもしたいと思ってる」

浬は真っ直ぐ見つめて話したが、和奏はその視線を避けるように顔を背けた。

「私だって、浬くんと一緒にいたいよ。ずっといられたらって思う。でも、希望を持って、それをどんどん奪われていくほうがつらい。付き合っていられて、幸せだった。それなら、幸せな気持ちのまま、終わりにしたい」

その言葉で、ようやく和奏の気持ちを少し知ることができたと思えた。きっと、それがすべてではなく、まだまだ複雑な思いが隠されているのだろう。それでも、自分の思っていること、考えていることを話してくれることが、向き合うための一歩となる。

「君が望むことは全部叶えてあげる。だけど、終わりにすることだけは叶えてあげられない。たとえ、君が諦めてしまっても、僕は絶対に諦めないから」

「簡単に言わないでよ」

「言霊って知ってる？」

突然話題を変えたことに、和奏は首を傾げる。その姿が無垢な子猫のようで、浬はくすりと笑った。

「知らない」

「言葉には魂が宿るんだ。それが悪い言葉でもいい言葉でも。繰り返し口に出して魂を宿らせれば、その言葉は本物になる。だから、君が弱音を吐いても、僕だけは奇跡を起こすための言葉を口にし続ける」

和奏は浬の心を探るように、力の籠《こ》もった目で見つめてくる。だから、浬も想いを込めた目で見つめ返した。

和奏の表情が緩み、力の抜けたような微笑を浮かべた瞬間、浬は膝に置いていた両手を強く握り締めた。わずかでも見られた笑顔がどれほど貴重なものであるのか。そして、どれほど大きな一歩であるかを、浬は肌で感じ取った。

「まだ、全然割り切れない」

「当然だよ。焦らなくていいよ。ゆっくりいこう」

「ずっと前向きになれないかもしれない」

「大丈夫。僕が代わりに前向きでいるから。君は心のままにいてくれていいよ」

「ほんと、浬くんは甘いなぁ」

和奏は呆れながらも、嬉しそうに笑った。今の浬には、それだけで充分だった。

「長く話しちゃったけど、体調は平気？　これからも毎日来るよ」

「体調は大丈夫。毎日会えたら嬉しいけど、無理はしないで」

浬は和奏の額にキスを落とし、笑みを浮かべる。

「今日ほど、帰宅部でよかったと思ったことはないよ。また明日。ゆっくり休んで」

浬が頭を撫でると、和奏はくすぐったそうに首を竦め、小さく頷いた。

病室を出ると、凛が壁に背を付けて立って、ハンカチで目元を拭っていた。

「ありがとうございました」

浬が軽く頭を下げて言うと、凛は首を振り、微笑む。

「こちらがお礼を言わないと。本当にありがとう。和奏のお付き合いしている子があなたでよかった。私たちは親のくせに挫けそうになってしまうの。もちろん、和奏の前では出さないようにしてきたつもりだけど、どうしても悪いほうへ考えてしまう時があって。そうすると、もう最悪のことを考えて、心の予防線を張りたくなるのよ。きっと本能が心を守ろうとするのね。それは、和奏も一緒なんだと思うわ。だから、浬くんの話を聞いて、ハッとさせられたのよ。言霊、私も大切にしてみるわ」

「偉そうなことを言って、すみません。僕も挫けそうになる時は来ると思います。それでも、立ち向かう言葉だけを口にしていきたい。それくらいしか、僕にはできないので」

「それが、一番難しいことだと思うわ」

そんな会話を終え、浬は病院を後にした。

駅までの道を歩いていた浬は、不意に立ち止まり、その場に座り込んだ。足から力が抜け、震える。足だけではない。手も、身体も、唇も、病室が見えなくなってから、ずっと震えていたのだ。

「情けない」

口に出して、首を激しく振る。

「頑張った。僕の言葉が届いた。少し笑ってくれた。それ以上に泣かせてしまったけど、きっと悪いだけの涙じゃなかった。大丈夫。今日は上手く振る舞えた」

浬は頭を抱え、大きく息を吐き出す。心を決めたとはいえ、それを和奏や凛の前で崩されずにいられるかは、正直、自信がなかった。実際に、何度も込み上げてくる涙は強敵だった。

心臓移植が受けられる可能性はあまり高くない。心臓のタイムリミットが来る前に、ドナーが見つからなくてはならないのだ。簡単であるはずがない。だから、大丈夫、奇跡は起きるなんて、まったく根拠のない言葉だ。それを、浬はあえて言い続けたいと思っている。そうなることを信じて。

＊

時間は確実に流れていく。それが、無情であったとしても。

和奏の病状は、浬の願いも虚しく、時間の経過と共に悪化していった。それはまるで底の見えない裂け目に吸い込まれていくような、抗いようのない流れであった。

「平気？」

車椅子に座る和奏の隣に跪《ひざまず》き、浬は顔を覗き込んだ。

空では一等星が輝き始め、満月が辺りを照らす穏やかな夜。二人は病院の屋上に、南の空を眺めに来ていた。というのも、今日は七月の最終土曜日で、地元で一番大きな花火大会があるのだ。

「うん、大丈夫。風が気持ち良くて、あまり暑くないね」

和奏の表情は月明かりで照らされていて、よく見える。反対に和奏から浬の表情は見えにくいだろう。浬は苦しそうな様子がないことを確認しつつ、肘掛けに置かれた手を握る。夏でも冷たい手が症状の一つだと知ってからは、浬は頻繁に触れるようになった。それで判断できるものではないのに、無意識に状態の悪化を確認しているのかもしれない。もしくは、冷たさの中に感じる体温から生きていることを実感しようとしているのかもしれない。

「天気が良くてよかったね」

和奏の声に、浬は頷く。雲はほとんどなく、風はふわりと流れる気候だ。花火の煙も上手い具合に流れてくれそうである。

「絶好の花火日和だね」

「あと何回、私は花火を見られるかな」

視線を下げた和奏が唇を噛み締める。浬はそれを宥《なだ》めるように、親指でそっと傷付いた唇に触れた。和奏の眦《まなじり》に涙が滲んでいて、浬の心臓が掴まれる。和奏の涙は何度見ても慣れることがない。泣いている時も、泣きやんでからも、心の痛みは溜まる一方だ。

「君が飽きるくらい、一緒に見よう」

「それだとキリがないよ。私は浬くんと見る花火に飽きないと思うもん」

浬が笑みを浮かべると、和奏もつられてほんのりと笑った。

「じゃあ、見るたびに新鮮な気持ちで楽しめるね」

「そうだね。そうだといいな」

浬が和奏の頭に手を伸ばした時、南の空に花火が上がり、二人を照らした。二尺玉の千輪菊が視界いっぱいに広がり、その光景が網膜に鮮烈に焼き付いて、空気を揺らすほどの音が身体の奥まで響き渡る。

隣で和奏が胸を押さえたことに気付き、浬は慌てて覗き込んだ。

「大丈夫？　苦しい？」

「ううん、そういう苦しさではないから、大丈夫。花火があまりに強く心臓に響いたから驚いただけ」

浬は和奏の言葉に耳を傾けながら観察していたが、発作が起きている時とは様子が違うことがわかり、ほっと息を吐く。

「ここは打ち上げ場所から近いからね。こんなに近くで見たの、初めてだよ。それどころか、誰かと打ち上げ花火を見たのも初めてかも」

　家族で花火を見に行くことはなかったし、人付き合いのいいほうではない浬が友達と行くこともなかった。

「本当？　じゃあ、私と初体験だね」

「いや、言い方が」

「私が浬くんの初体験をもらっちゃった」

「それも、どうかと」

「暗いから、浬くんの顔色がわからなくて残念だな。きっと真っ赤だよね」

　そう言って、和奏は楽しそうに笑った。和奏の予想通り、今の浬は顔を真っ赤にしている。過剰に反応した自分が恥ずかしいし、それを和奏に気付かれたことも恥ずかしい。

「あまりからかわないでよ」

「浬くんだって、私のことを真っ赤にするのが得意じゃない。すぐに触ってくるし、照れるようなこともサラッと言ってくるし。たまには仕返ししないと」

「別に得意ってわけじゃ」

「そう！　無自覚だから、最もタチが悪いんです」

花火の音にかき消されそうになりながらも、和奏の笑い声は浬の耳に確かに届いた。一瞬の笑いでも、無理やりでもない笑い声は、浬にとってご褒美のようなものだ。全然笑わないわけではないが、無邪気な笑いも楽しそうな笑いも、今では貴重なものになっている。そんな和奏が花の咲くような笑顔で、声を上げて笑った。それがどれほどすごいことなのかを、浬は身をもって知っている。

浬も一緒に無邪気に笑えたらよかったのだが、残念ながら、涙を堪えることに必死になっているせいで、不器用な笑顔を見せる羽目になってしまった。幸いなことに、和奏は浬の様子に気付くことはなく、上から降りてきた錦冠《にしきかむろ》に気を取られて、空に意識を向けた。

それから、和奏は終始楽しそうに花火を見ていた。一方で、浬はあまり花火を覚えていない。カラフルに照らされる和奏の横顔ばかり、見つめていたから。一瞬で消えてしまう花火があまりに命と似ていたせいで、少しでも目を離すと、和奏まで花火と一緒に消えてしまいそうな気がしたのだ。

最後まで見ることができた。ただそれだけのことで、満足そうにしている姿を見ていると、浬は胸がいっぱいになる。

（これから毎年、一緒に花火を見ることができますように）

病院からの帰り道、混雑した電車に揺られながら、浬は切実に願った。

＊

夏の終わりが近づき、二人の時間を多くとれていた夏休みも終わろうとしていた。暑さの和らいだ夕方、浬は病院の中庭で和奏の座る車椅子を押して、ゆっくり歩いていた。

「はあ、浬くん、学校行っちゃうのか」

「そうだね」

本当は行きたくない。君がいない学校なんて、意味がない。そう言いたかったが、浬は口を閉じた。和奏が見上げてきたことに気付き、青く生い茂る木々から視線を移す。

ここまで日陰を渡り歩いていたのだが、この先は少しの間、影のないところを行かなくてはならないため、和奏の負担を減らす方法を考え始めたところだった。

「私は行きたくないから、このままでいいな」

和奏の声には諦観に加えて、他の感情が混じっている気がした。浬は車椅子を止め、隣にしゃがんだ。力なく笑う和奏の手を取って、そっと包み込む。握り返してこない手が弱くなっている気持ちを表しているようで、浬は思わずぎゅっと握り締めた。

「行きたくないの？」

「うん、先生は体調のいい日なら、車椅子で行ってもいいって言うけど、行きたくない。心配されたくないし、同情もされたくない。でも、一番嫌なのは、皆のやってることが私にはできないって突き付けられることかな。どうしても、比べちゃうでしょ？　病院にいる時は実感しなくて済むのに」

　和奏は俯き、浬から目を逸らす。涙を流しているわけでもないのに、その横顔からは悲哀が溢れていた。

「君が嫌なら、無理に行くことはないと思うよ。学校がすべてではないんだし。確かに生活の制限が多い中で通うのは大変だよね。発作も心配だし。でも、もし少しでも行きたいと思ったら、僕が協力するから、いつでも言ってよ」

　和奏は驚き、見開いた目を浬に向けた。

「浬くんは行ったほうがいいって言うと思った」

　浬はふっと笑い、和奏と指を絡めた。ほっそりとした指は簡単に折れてしまいそうで、触れるたびに緊張する。

「僕がそんなに真面目じゃないって、君はもう知っているでしょう？　なんなら、僕も学校に行かないで、ここに来ようかな」

　浬が悪戯な笑みを浮かべると、和奏は堪えきれずに吹き出した。クスクスと笑っている姿を、浬は眩しいものを見るように目を細めて見つめる。しかし、少し離れたところにいた親子の笑い声が重なり、和奏の声は消されてしまった。

「私がそうしてって言ったら、浬くんは本当に休んじゃいそう」

「当然じゃない。本当に朝から晩まで、ここで過ごすつもりだよ」

　冗談じゃなく、実際のところ、浬は本気でそう思っている。それは、夏休みの終わりが近づき、ずっと考えていたことだった。

　一分でも一秒でも長く、和奏の傍にいたい。一緒にいられない間に、心が弱くなってしまう気がするから。知らない間に、和奏が急変していたらと思うと、不安で眠れなくなる。もう会えなくなるのではないかと、恐ろしくて震えてしまう。

　浬が真面目な顔をして見つめていると、和奏は困ったように笑い、浬の掌をそっと撫でた。

「ダメ、ちゃんと行かないと」

「学校に行っても楽しくないし」

「勉強をしに行くところでしょ！　それに、浬くんには普通の高校生活を送ってもらいたい」

そう言って、和奏は唇を噛み締め、俯いた。

少し離れたところで鳴いていた鳥が飛び立ち、風が騒めく。葉が揺れて、一瞬だけ、陽光が二人を照らし出した。

「君はそう言うと思ったから、学校に行かないって言わないつもりだったのに。でもね、わかっていてほしい。僕は君以上に優先するものがないって」

和奏は顔を上げ、浬を見つめる。浬はその視線を逃さないように、目に力を籠《こ》めた。

「それと、約束してほしいことがある」

「なに？」

「これから、僕が君にあげるものはすべて、躊躇《ためら》わずに受け取ってほしい」

浬の言葉に、和奏は首を傾げる。

「いつも受け取っていると思うけどな」

「でも、遠慮したり、迷ったりすることはあるでしょう？　全部だよ？　本当に全部。物だけじゃなくて、言葉も想いも行動も時間も、そういうの全部ってこと。約束してくれる？」

和奏は浬の強い眼差しに戸惑いを見せつつも、こくりと頷いた。

「ありがとう」

浬は立ち上がり、横から小さな身体を抱き締める。鼻先をくすぐる花のような和奏の匂いが心の奥のほうまで届いて、優しく包んでくれた気がした。

＊

和奏が入院している病院では最上階にレストランが入っており、大きな窓から見える川沿いの風景と病院とは思えないほどの充実したメニューで人気がある。入院患者でも希望すれば、病院食の代わりに家族や友人と食事をとることが許されていて、それも好評の要因の一つとなっている。

夏休み最後の日、二人はそのレストランで昼食をとる許可を得ることができた。浬は嬉しそうにしている和奏の車椅子を押しながら、上から何度も見つめていた。

和奏の心臓が限界に近づいている。以前は運動による不整脈が見られた程度であったが、今では安静時にも不整脈が見られるようになっており、心不全症状も進行してきたため、常に急変を念頭に置く必要が出てきた。発作が起きた時、浬にできることはすぐに医療従事者を呼ぶことだけだ。どれだけ苦しんでいても、浬は傍を離れて、看護師や医師が対応するのを待つことしかできない。

早く奇跡が起こってほしい。奇跡を起こしたい。毎日、そう願っているのに、なかなか叶えてはもらえない。

「浬くん、席空いてるみたい」

和奏の声にハッとし、浬は近くに立っていたウエートレスに目を遣った。病院の食堂を忘れさせるようなお洒落な制服を身に着けた女性が、メニュー表を持って、二人を待っている。

「うん、よかったね」

ウエートレスに案内された席は窓際で、外の景色がよく見える場所だった。平日の昼間ということもあって、比較的空いていることも功を奏したのだろう。感染にも気を付けたい和奏にとっては、最良の環境だった。

椅子を移動させてもらった場所へ和奏が車椅子のまま座り、浬は斜向《はす》かいの椅子に座る。こうして座ることで、他の客が背後になるため、まるで二人きりの世界で綺麗な景色を独占しているような感覚になれる。

注文を終え、浬が背もたれに体重を預けたところで、和奏の視線を感じた。

「なんか、久しぶりだね。二人でご飯を食べるなんて」

和奏の屈託のない笑顔に、浬も応えて微笑む。大きな窓から射し込む陽光は、太陽が高い位置にあるお蔭で眩しすぎるということはなく、和奏の表情をより輝かせる効果を持っている。

「本当だね。なかなか許可がもらえなかったしね」

特に説明は受けていないが、許可がもらえた時、もしかしたら主治医も命の期限を意識しているのではないかと、浬は思った。思い残すことがないように。そう言われた気がして、浬は複雑な気持ちになったのだが、和奏はそうは感じていないようだったので、悟られないよう気を付ける必要がある。

「先生からのご褒美みたい」

和奏はクスクスと笑い、川の向こうに見える山に視線を移した。その山はハイキングに訪れる人も多く、山の麓にある大きな公園には子どもたちの喜ぶ遊具や、散策に適した遊歩道もある。地元では人気のスポットだ。残念ながら、和奏とは行きそびれてしまったのだけれど。

「そうかもね。これまでたくさん我慢してきたから、ご褒美に美味しいものを食べておいでってことだね」

「それもそうなんだけど、デートしておいでってことだよ。私ね、よく先生に話してるの。女同士だから恋バナが楽しいんだ」

浬が和奏の横顔を見つめていると、口角を上げた和奏が振り向き、顔を寄せてきた。反射的に浬も顔を寄せたものの、内緒話をするような距離に息を止める。

「浬くんのことを自慢したり、好きなところを聞いてもらったり、これまで私にくれた言葉や仕草を教えたり」

「待って待って。それって惚気《のろけ》じゃ……」

浬は羞恥で顔が熱くなり、和奏から距離を取る。背筋の伸びた姿は、猫背気味の浬には珍しいほどの良い姿勢だった。

「惚気以外に何があるの？　好きな人のことを誰かに聞いてもらうことが、こんなに楽しいなんて思わなかった。話しても話しても足りなくて、先生ったらいつも、落ち着きなさいって言って笑うんだよ。ドキドキしている気持ちを落ち着けるなんて無理なのに」

（そういうことじゃないよ！）

浬は頭を抱えてテーブルに突っ伏した。

「特に、浬くんからの言葉は私の宝物なんだから」

「まさか、何でもかんでも話しているわけじゃ」

「先生とは隠し事はしないって約束してるの」

「先生との約束は、そういうことじゃないと思う……」

走ったわけでもないのに、息も絶え絶えの浬が呻くと、楽しそうな笑い声が降ってきた。

「嬉しいことは人にお裾分けしてあげてもいいでしょ？」

「ダメじゃないけど、ダメだよ。僕は君にだけ聞かせるつもりで話しているんだから、他の人に聞かれるなんて恥ずかしくて、明日から来られないよ」

浬はテーブルにめり込みたくなって、頭をぐりぐりと押し付ける。それでも、ずっと続く和奏の笑い声に惹かれて、そっと顔を上げた。目に入った和奏の表情は不純物のない笑顔で、複雑な心情など存在しないかのように見える。ここまでスッキリとした表情を浮かべるのは久しぶりだった。

「私、宝物は自慢したくなるタイプなの。冗談じゃなく、浬くんは私にとって彼氏以上の存在なんだよ。私ね、もう生きることは諦められたと思っていたんだ。でも、浬くんに助けてもらってから、日に日に生きていたいって思う気持ちが強くなる。生きるのは無理かもしれないって思うのと同じくらい、浬くんと生きていけたら幸せだろうなって夢見てる」

そう言って、和奏は浬の髪を撫でた。浬が和奏の髪に触れることはよくあるが、和奏に触れられるのは珍しい。髪に血は通っていないはずなのに、触れられたところから血液が沸騰して、全身を駆け回った気がした。

「そう言ってくれるのは嬉しいよ。君には生きたいと思ってほしいから。僕が無理にそう言わせるんじゃなくて、君が自然とそう思えるようになるのが目標なんだ」

浬は眩しそうに目を細め、和奏の頬を撫でる。もし、今の笑顔に嘘がないのなら、浬の願いが一つ叶ったことになる。完全とは言えないかもしれないが、これまでの日々が間違いではないと言われたようで、胸の奥がぎゅっと締め付けられた。

「うん、やっぱり生きたい。諦めたくないな」

「奇跡は起きるよ」

浬の言葉を聞いた和奏は目を伏せ、口を横に引いた。感情が隠されてしまったことに慌て、浬は和奏の背中を擦る。和奏の身体から震えを感じることはなく、探るように下から覗き込んだ。

「起きるかなぁ」

そう囁いた和奏の目が不安げに揺れる。浬は和奏の手を握り、大袈裟に見えてもいいという気持ちで笑った。

「僕が奇跡を起こすよ」

「ええ？」

浬の突然の宣言に、和奏は可笑しそうに笑みを浮かべる。

「だからさ、僕を信じてよ。頼りないかもしれないし、根拠のない話だから、信じるのは難しいかもしれないけど、信じることで起きる奇跡もあると思うんだ」

「浬くんのことは信じてるけど」

「奇跡を起こさせる。君はおばあちゃんになるまで生きるんだよ。奇跡が起きて、君の病気が治ったら、君らしく生きて。その隣に僕がいられたら嬉しい」

浬は握る手に力を籠《こ》め、しっかりと見つめた。この願いが届きますように。それは神様へのお願いという不確かなものだったのか、自分自身への鼓舞なのかはわからない。それでも、言葉にすることが実現への足掛かりになると信じて、浬は口にした。この日の夜、和奏の容態が急変することになるとは思いもせずに。

*

浬は何度も躓《つまず》きながら、全力で走った。通勤通学ラッシュの電車への苛立ちでおかしくなりそうだった。電車を降りてからは人をかき分け、混雑した構内を出る時にはすでに汗だくだった。

今朝、学校へ行こうと家を出ようとしたところに、凛から電話がかかってきた。そこで知らされたのは和奏の急変。心不全の状態が悪化し、昨夜のうちに緊急の手術が行われたという。

院内では走りたい気持ちを抑え、速足でＩＣＵへ向かった。内線電話で中にいる看護師に名乗ると、すぐに凛が出てきてくれた。

「あの……！」

「浬くん、ごめんなさいね。学校は――」

「そんなのどうでもいいです！　それで、彼女はどうなんでしょうか」

凛の表情は思っていたよりも落ち着いている。もちろん明るいとは言い難い顔をしているのだから、安堵できるほど、楽観視していい状況ではないはずだ。

「落ち着いて。すぐにどうこうなる状況ではないから」

凛の言葉に、浬はその場で座り込んだ。スニーカーがビニール床を鳴らす。

「では、いったい……」

「補助人工心臓を付けたの。先生の話では、これで心臓移植まで繋ぐんですって。これまでより安定するから、和奏にとっては負担が軽くなるのかもしれない」

凛の説明を聞き、浬は大きく息を吐き出した。

「それなら、状況は良くなったということですね？」

「状態が悪いことに変わりはないんだけどね。それに変な話だけど、状態が悪化したということは移植の優先順位が上がったということなのよ」

浬はようやく凛の複雑な表情の意味を理解した。猶予が伸びた。それは有難いが、手放しで喜べる状態でもない。

「和奏に会っていく?」

「いいんですか?」

「ええ。今は眠っているけど、それでもよければ」

「それでもいいです。お願いします」

浬は凛に着いて、ICUの中に足を踏み入れた。重い症状の患者が治療を受けているICUは、浬の想像よりも音が溢れていた。忙しく動いている看護師に、心電図の規則的な音。時折、聞こえるエラー音は不安を煽ってくる。緊迫感で張り詰めた空間に、浬は言葉を失った。

和奏のベッドサイドには大輝と慧が揃っており、やはり二人とも表情は晴れない。

「浬くん、すまないね」

「いえ」

大輝の言葉にはさまざまな思いが込められている気がして、浬は短い返事しかできなかった。どこかで聞いたことがある。自分を看取ってくれる存在であるはずの子どもを看取ることになるつらさは、言葉にはできないほどのものだと。和奏を看取る。それは考えないようにしていても、常に頭の中にあることだろう。浬だって、奇跡を信じていると口にしていても、時折、過るのだから。刻一刻と迫る死には向き合わざるを得ない。

彼らが場所を開けてくれたことに気付き、浬は頭を下げて、ベッドに近寄った。ベッドで目を閉じて眠る和奏はいつも以上に顔が白く、布団が定期的に上下していなければ、死んでしまったと言われても疑わないだろう。そんな姿を見ると、必死に抑え込んでいる不安と恐怖がせり上がってくる。

「浬くん、ここにいる？」

「はい、お願いできるのなら、ここにいたいです」

浬の言葉に、凛は微かに笑みを浮かべる。すでに、浬に学校へ行く気がないことを察していたのだろう。三人は何も言わず、浬を置いて、その場を離れていった。

二人きりになって、ようやく浬は椅子に座り、和奏の手を握った。力の入っていない手の感触は好きではない。ただ眠っているだけの彼女の手なら、微笑ましいと感じたり、愛おしいと思ったりするのかもしれない。しかし、浬にはまったくいいものには思えなかった。

「ねえ、猶予ができたんだって。よかったって言わないといけないのかな。猶予って言う言葉が出てきたことに落ち込めばいいのかな。僕にはわからないや」

浬は和奏の頭を何度か撫でる。

「でもね、今でも僕は、君は助かるって信じているよ。だって、君は生きなきゃいけない人だから。君の笑顔に、僕は救われてきた。だから、他にも君に救われる人が、きっといる。そんな人がいなくなっていいはずないんだよ」

抱き寄せたい気持ちを堪え、浬は動くことのない手を擦《さす》る。

「生きることを諦めたって言っていたけど、その前にたくさんのことを諦めてきたんだろうね。そういうの全部、叶えていってよ。僕には夢も目標もなかったけど、今は君が生きていってくれることだけが希望なんだ」

その時、不意に和奏の手が動き、浬は下げていた顔を上げた。固唾を呑んで、ゆっくりと開いていく目を見守っていると、和奏の視線は彷徨《さまよ》ったあと、浬で止まった。その瞬間、浬の身体が大きく震え、反射的に立ち上がっていた。

「僕のこと、わかる?」

まだ焦点の定まっていない様子の和奏を覗き込み、浬は必死に声を抑えて尋ねる。無理にでも抑えていないと、叫び出してしまいそうだ。不安を悟られないようにしたいと思っていても、眉を寄せた表情を変えることができず、浬は思わず唇を噛んだ。

酸素マスクの中で、和奏の薄い唇が微かに動く。浬は顔を寄せて、小さな声も逃さないように意識を集中した。

「どうして」

ほとんど音になっていない声を拾い、浬は微笑んだ。

「もちろん、君に会いに来たんだよ。待ってね。看護師さんを呼ぶから」

和奏が小さく頷いたことを確認し、浬は近くにいた看護師に声を掛けた。

その後、医師がやってきて、和奏の状態を確認するのを離れたところから眺めていると、和奏の手が浬を呼んだ気がした。看護師に許可をもらい、処置の終わった和奏の元へ近づく。まだぼんやりとした感じはあるものの、先ほどまでよりもはっきりと目が合った。

「大変だったね。手術は無事に終わってるって聞いたよ」

和奏の瞬きに、浬は頷く。

「学校は行きたくなかったから、ちょうどよかったんだよね。ここにいられるのは限られた時間みたいだから、そっちのほうが残念だよ。僕はずっと君といたいのに」

和奏の目元がほんのり緩み、口元がわずかに動いた。

「バカ」

「とっくに知ってるでしょう?」

和奏が思っている以上に、浬にとって和奏がすべてだ。いつの間に、これほど好きになっていたかはわからない。好きだとか恋人だとか、そんな言葉では片付けられない存在。浬が何を犠牲にしてでも助けたい存在。この強い想いは和奏には届いていないかもしれない。届けているつもりでも、きっと足りない。

和奏がぎこちなく笑うのを見て、浬は髪を撫でた。

「生きていてくれて、ありがとう」

浬が額にキスをすると、和奏は目を閉じ、口角を上げた。穏やかな表情に、浬は肩の力を抜く。怖い思いをしているのではないかと心配したが、恐怖に呑み込まれてはいないようだ。そうであることが浬の顔を見たからだとしたら、この上なく嬉しい。そう思いながら、時間の許される限り、浬は和奏の手を握り、優しく語り掛け続けた。今にも涙が零れてしまいそうな目元に力を籠《こ》めて。声が震えないように、時折唇を噛み締めて。決して、浬の恐怖と不安を悟られないように。

短く物足りない面会時間を終え、浬はぼんやりとしながら、病院から駅へと続く道を歩いていた。堪えきれなくなった涙は頬を濡らし続けている。

「怖かったんだ。君を失うことが。強くありたい、強くなった。そう思っていたのに、結局、僕は弱いままだ」

駅が見えてきたところで、歩く力を失ったように、浬はその場に立ち止まり、無造作に目を擦った。

「痛い。痛いよ。でも、君はもっと痛いんだろうね。僕には経験したことのない苦しみと痛みに耐えているのに、僕はなんて弱いんだろう」

誰かに聞かせるわけでもないのに、浬は口から出てくる言葉を止めることができない。時折、すれ違う人が視線を寄越してきても、気にならない。誰かに聞いてほしい。弱さを叱ってほしい。そう思ったのは、初めてのことだった。

そんな時、ポケットの中でスマートフォンが震えたことに気付き、緩慢な仕草で取り出し、液晶に指を滑らせた。それは仁嗣からの着信だった。本当は出るべきではなかったのかもしれない。こんなにも人を欲している時に、一番信頼している友人の電話には。

『もしもし、浬？』

ああ、限界だ。仁嗣の声が耳に入った瞬間、本能がそう告げた。言葉にならない声を上げ、浬は電話の向こうで困惑している仁嗣に必死に何かを訴えた。それからすぐに早退して駆けつけてくれた仁嗣と共に、ほど近いところにある河原へと向かった。

河原から見える水面《みなも》は穏やかに揺れ、夏の名残を感じさせる太陽の光がまるで宝石のように煌《きら》めいて見える。人通りは少なくなっており、犬の散歩をしている老夫婦やランニングをしている男性、ベビーカーを押す女性がいるくらいで、学生服を着た浬と仁嗣の存在は浮いていた。

浬の顔を見た仁嗣は言葉を失い、泣きそうな表情を見せたあと、黙って、浬の腕を引っ張ることしかできなかった。近くに静かな河原があったことを、この時ほど感謝したことはない。浬は仁嗣に引かれるまま歩き、座らされてもなお、口を堅く閉ざしていた。

「浬」

隣から聞こえる声からはいつもの陽気さは感じられず、そのことさえも浬の心を乱してくる。あれほど冷静だと思っていた自分が感情の激しい渦に放り込まれるとは思いもせず、戸惑いが混沌とする感情を助長していた。

「最近の浬には何かあるって、なんとなく思ってたんだけど、お前が話してこないから聞かないでいた。でも、今日ばかりは、絶対に聞くから。いいよな？」

そう言いながらも、仁嗣はまっすぐ川を見つめるだけで、浬のほうを見ようとはしない。それが仁嗣の思いやりの行動であることは、混乱の中にいる浬でも理解できた。

「……ちょっと長くなるけど、いい？」

浬が隣に視線を移すと、ようやく仁嗣も目を合わせてきた。その目には揶揄や好奇心のようなものはなく、純粋に浬を受け止めようとしている仁嗣の誠実さが表れている。

「いくらでも聞く」

浬は唇を噛み締めて、拳を強く握り、重い口を開いた。

「本来なら、本人に許可を取らずに、勝手に話していい内容じゃないんだ。だから、これを勝手に話すのは、僕の我が儘だということわかっていてくれる？」

「浬が話すことに罪悪感を抱くのであれば、半分は無理やり聞き出した俺の罪だってことを忘れるな。今、大切なのは、お前の心が折れるのを防ぐことなんだから」

浬はその言葉に、目の奥が熱くなるのを感じた。それに気付いたのか、たまたまだったのか、仁嗣の大きな手が浬の背中をトンと叩いた。『泣いておけ』と言われたような気がして、浬の目からほろりと新たな雫が零れ落ちた。

和奏との出逢い、手紙、屋上での出来事。それから、恋人となり、突然、消えそうな命を突き付けられた、すべてを話し終える頃には、決して泣き叫んだわけでもないのに、声が掠《かす》れていた。

「よく、耐えたな。俺だったら、とっくに降参していたと思う」

仁嗣の言葉に、浬は俯く。

「何度も根を上げそうになったよ。こんなにも重たい運命を、平凡な高校生がどう受け止めろって言うんだ。どうして病気になったのが彼女なんだろうって思っても、恨む相手もいない。治してくれ、助けてくれって言っても、今の医学ではどうしようもないらしい。そうなると、この憤りをぶつける場所がないんだ。不安も恐怖も、あの子の前では絶対に出さない。それが僕のできることだった。

いや、それしかできることがなかった。自分の無力さを毎日突き付けられて、今日で心が潰れてしまうんじゃないかって、夜、ベッドで目を閉じるたびに思うんだ。

　でもさ、僕が諦めてしまったら、彼女はまた独りで耐えることになる。あの子は病気から逃げることができないんだから。それなのに、僕だけ逃げるなんて、ずるいよ。卑怯だと思う。支えるから一緒に生きようって引き留めたのは、他でもない僕なのに。そんな僕が彼女の苦しみから目を逸らして、楽になるなんて、そんなことをするくらいなら、あの時、一緒に飛び降りていたほうが良かったのかもしれないとさえ思うよ」

「浬、それは言葉にするなよ」

　それまで一言も口を挟まなかった仁嗣が鋭い口調で、浬の言葉を否定した。

「わかってる。よくわかってるよ。一番言っちゃいけない言葉だって。でもさ、ふと思っちゃうんだ」

「……言っちゃいけないって、浬だってわかってるよな。ごめん。強く否定して」

「いや。仁嗣が正しい。僕さ、彼女に言霊の話をしたんだ。言葉には魂が宿るから、いいことだけを言葉に出していこうって。君が弱音を吐いても、僕がその何倍もの希望に変えて言葉にしていくって言ったんだよ。だから、一人いる時でさえ、今みたいな言葉は口にしなかった。初めてだよ。こんなことを口に出したのは」

「そうか」

仁嗣は小さくつぶやくと、手元の草をプチプチとちぎった。ちぎられた草たちが風に攫《さら》われて、飛んで行く。浬がなんとなく目で追うと、その先では赤ちゃんがきゃっきゃと声を上げて笑っていた。それを見た瞬間、浬の心臓がギシギシと軋んだ。

「彼女も、あの赤ちゃんみたいに、小さな手いっぱいに希望を持って生まれてきたんだよ。可愛くて、皆から愛されて、笑顔が溢れるような毎日だったはず。それなのに、突然、死へのカウントダウンが始まったんだから、その時の恐怖と絶望は計り知れないよ」

浬は自分の両手に視線を落とし、和奏の命を取りこぼしたくない一心で、ぎゅっと握り締める。白くなるほど力の籠《こ》もった両手。それでも、命は隙間から零れ落ちていってしまう気がした。

しばらく、二人の間に沈黙が流れた。聞こえてくるのは川のせせらぎとコチドリの鳴き声。そこに時折、赤ちゃんの笑い声が重なる。

沈黙を破ったのは、浬のほうだった。

「この世の中って、不公平だよね」

「まあ、公平を謳う時点で、不公平な世の中だって明言しているようなものだよな」

「僕さ、彼女のことがあって、より不公平さを実感したんだ。でも、いろいろ考えているうちに気付いた」

仁嗣は前を見据える浬の横顔を見つめ、息を詰める。これまでと違った雰囲気をまとった浬は、全くの別人に見えた。

「平等なのは、死だけだ」

この時の浬を決して忘れることはできないと、仁嗣の直感が告げる。得体の知れない不穏な気配を感じさせながらも、明確な希望を見出している。そんな浬の横顔は、何かを決意したようだった。

*

補助人工心臓の手術後、和奏は在宅治療のためのトレーニングを受けることになった。トレーニングと言っても運動するわけではなく、人工心臓に関する知識を身に付け、機器の取り扱いや自己管理法、緊急時の対処法など、さまざまな点において、学習、練習を重ねていくのだ。

「早く家に帰りたいな」

和奏の声が弾んでいることに気付き、浬は小さく笑った。今は、手術前までいた病室にいるが、トレーニングが完了し、状態が良ければ退院することができる。もっと言ってしまえば、学校に通うこともできるのだ。

「一緒に学校に行けるね」

「やっと同じ教室で授業を受けられるんだね。浬くんが寝ていたら、すぐに先生に報告しよう」

過度な運動はできないが、普通の人とほぼ同じような生活を送ることはできる。それが補助人工心臓の強みと言え、そのことが和奏を前向きな気持ちにさせてくれた。和奏にとって、まさに生きる希望となったのだから、浬としても嬉しい。

「つまらない授業をする先生が悪いんだよ」

「それは否定できないけど。でもさ、学校に行けなくて思ったんだよね。面白くなくて退屈な授業でも、授業を受けられるって幸せなことなんだなって。勉強は好きでも嫌いでもなかったけど、今は勉強したくて仕方ないよ」

そう言って笑う和奏を見つめ、浬は目を細めた。キラキラと輝く和奏の表情が眩しくて、涙が滲んでくる。

「君がそう言うのなら、僕も勉強を頑張ってみようかな」

「じゃあ、競争しよう！　私が学校に行けるようになったあとの最初のテストで、高い点数を取った人のお願いを一つ聞く。どう？」

和奏の表情が悪戯なものに変わり、浬の目を覗き込んでくる。その表情も久しぶりで、胸がきゅんと鳴いた。

「それだと君が不利じゃない？　ずっと学校に行けてなかったし」

「大丈夫。今から頑張るもの」

和奏は胸を張り、腰に手を当てた。ベッドに座っていることを除けば、明るく吹っ切れたように見える。ただ、移植を待っている状況に変わりはなく、和奏の心臓は人工的に生かされているのだから、本当は吹っ切れてなどいないはずだ。浬は、それを感じさせない和奏がすごいと思った。

「願い事は何でもいいの？」

「どうして、もう勝つ気でいるの？　もしかして、勉強しなくても点数を取れるタイプ？」

「さあ、どうかな。全力は尽くすけどね。遠慮はしないよ？」

今度は浬が和奏の目を覗き込む。すると、和奏は口を尖らせて、そっぽを向いた。

「遠慮なんて必要ないもん」

「願い事、今から考えておこうかな」

このやりとりが幸せで泣きたくなる。ずっと続けばいいのに。浬はそう思いながら、和奏の横顔を眺めた。

そうして、ささやかな幸せを噛み締めながら毎日を送っていた二人だったが、そんな二人の仲を引き裂く出来事は、秋の雨の日に起こった。

*

この日は朝から激しい雨が降っていた。分厚い雲に覆われているせいで、夕方には辺りは暗く、視界も悪くなった。

学校から病院までは少し離れているものの、徒歩で行ける距離だ。浬はいつもと同じ道を、いつもと同じように歩いた。跳ね返りの雨で濡れた足元が不快で、傘を差していても、制服のブレザーが湿ってくる。雨のせいで肌寒くもあり、浬は急いでいた。

病院の前は見通しのいい直線道路で、押しボタン式の横断歩道を渡って五分ほど歩くと病院の正面玄関が見える。浬は横断歩道のボタンを押し、信号が変わるのを待った。午前中の外来時間が終わると、午後は予約の患者のみで、あまり混雑はしない。夕方ともなると、患者は激減し、入院患者の家族が中心になるため、更に人は少なくなる。今は天候の影響もあってか、浬の他に横断歩道を渡る人はいなかった。

「こんな天気の日は来なくていいって言うからな。僕は会いたいのに。でも、本当に行かなかったら拗ねそう。それはそれで可愛いけど、行かないと拗ねてるところが見られないし、難しいな」

周囲に人がいないのをいいことに、浬は遠慮なく独り言を零す。

「退院したら、いっぱいデートに行けるんだよね。どこに行こう。どこなら喜んでくれるか、またいろいろ調べないと」

浬は鞄を持ち直し、傘を少し上げた。信号がまだ変わっていないことを確認し、浬は息を吐く。制限があるとはいえ、退院後の和奏との日々を想像するだけで楽しいのだから、実際に始まったら浮かれて失敗してしまいそうだ。しかし、顔を引き締めようとしても、緩む顔をコントロールすることはできない。

「もうこの勢いで奇跡が起きて、心臓移植もしてもらえないかな。そうしたら、未来がもっと開けて、何の憂いもなく幸せを感じられるよね。僕が奇跡を起こしてあげられたらな」

信号が変わり、浬は足を踏み出す。ただ真っ直ぐ前だけを見て。和奏の未来に自分がいることを想像しながら、当たり前のように一歩一歩進んだ。

しかし、不意に眩しいほどの光に照らされ、そちらに顔を向けた。何が近づいているのかもわからないまま、けたたましく鳴るクラクションと同時に強い衝撃を感じ、浬の身体は大きく跳ね飛ばされた。

第七章 「スイートピー」

和奏は雨の降る景色をぼんやりと眺め、溜息をついた。

「浬くん、無理して、毎日来なくてもいいのに」

そんな和奏の言葉に重なるように、背後から凛の笑い声が聞こえ、和奏はしかめっ面で振り向く。

「そんなこと言って、本当に来てくれないと怒るでしょう？」

「怒らないよ！　ちょっと寂しいけど、我慢できるし」

和奏は頬を膨らませて、腕を組む。そんなことをしても迫力がないことはわかっているが、意思表示はしておきたい。

「はいはい。それにしても、浬くん、今日は遅いわね」

「うん、そうなんだよね。学校で何かあったのかな。部活もやってないし、委員会も入ってなかったと思うんだけど」

和奏は再び窓の外に目を遣り、人差し指で髪をくるんと遊ばせる。浬は和奏の髪によく触れる。それが和奏は大好きだ。大事にされていることを実感するから。浬はたくさんの言葉をくれるが、『好き』という言葉はくれない。それから、一度も名前を呼んでくれたことがない。浬には浬の考えがあるのかもしれないし、浬のペースというものもあるだろう。それは理解しているが、やはり寂しいと思ってしまう。

「贅沢なのかな」

考えていることが口に出ていることに気付かず、和奏は浬の顔を思い浮かべる。

「せめて、名前は呼んでほしいな。あ、そうだ！　テストで勝ったら、名前を呼んでもらおう。そうと決まったら、本格的に勉強しないと」

和奏は凛に頼んで持ってきてもらった参考書とノートをテーブルに広げ、ベッドの上で座り直す。病気になってからは、勉強する意味がないと思って、いい加減にしていたし、入院中は勉強道具があっても勉強をする気にはなれなかった。それが、今ではやる気になっているのだから、案外単細胞なところがあるのだと苦笑する。

不意に救急車のサイレンの音が聞こえ、顔を上げた。入院中はこの音をよく聞くことになる。だから、聞き慣れた音になるのだが、それでも無視できる音かというとそうではない。やはり誰か知らない人の命が脅かされているかもしれないと思うと、落ち着かなくなるし、命は儚いものだということを忘れるなと言われている気がして、怖くなる。

窓の外を見ると、すでに夜を思わせる暗さになっていた。和奏が時計を確認すると、時刻は十七時半を優に過ぎていた。

「浬くん、どうしたんだろう」

和奏は枕元に置いてあるスマートフォンを手に取り、連絡が入っていないかと見てみたものの、着信もメッセージも来ていない。和奏は浬にメッセージを送ってから、なんとなくこれまでのメッセージを読み返した。

浬はもともと口下手だった。社交的なほうでもないし、明るいほうでもない。おとなしくて、誰かの後ろでひっそりとしているような人だった。

それでも、和奏は知っていた。苦手なことであっても、相手を思って行動できる優しさがあることや、浬自身に心の傷があるからこそ、人の傷にも敏感になれること。弱いと言いながら、和奏を想って強くあろうとしてくれていること。浬の良いところならいくらでも挙げられる。

和奏と付き合ってから、変わっていったこともある。まず、よく話すようになった。話題提供は得意とまではいかなくても、和奏が振った話題には積極的に乗ってきてくれたし、わからないことがあれば、次に会う時までに調べてくるようなマメさもある。恐らく、本来は連絡も必要最低限の人だろうに、和奏には頻繁にメッセージをくれる。何より、和奏は浬がくれる言葉の数々に何度も救われてきた。浬は命の恩人というだけでなく、心を救ってくれた天使のような人だ。

メッセージの至る所に、浬の愛情が溢れていて、生きる希望を持っていられるような気遣いを感じられる。和奏は自然と笑みが零れ、右手で光るシルバーの指輪に触れた。

「まさか、指輪をくれるなんて思いもしないよね。だって、高校生だよ？」

そう言って、和奏はクスクスと笑う。

シンプルなデザインをしているが、一輪の花がモチーフになっていて、中央に小さなピンク色の石が付いている。その色が桜を表していることは、すぐにわかった。和奏が桜を好きなこと、浬との思い出として大切にしていることをちゃんとわかっていてくれる。とにかく浬は細部に至るまで、和奏を気遣い、大切にしてくれているのだ。だから、生きたくないなんて言えなくなった。いや、生きることを願えるようになった。

ふと、外を見た。いつの間にか夜の帷《とばり》は下り、雨は一段と酷くなっていた。和奏は妙な胸騒ぎを覚え、電話を掛けることにした。しかし、長い呼び出し音が途切れて聞こえたのは、知らない男性の声だった。

「――――」

その人から聞かされたことで思考が停止し、スマートフォンがベッドから転がり落ちる。病室内に大きな音が響いたが、和奏の耳には入らなかった。

「……今、なにを」

「和奏？」

ちょうど病室に戻ってきた凛が怪訝な表情で覗き込んできても、和奏の焦点は空《くう》を見つめている。顔面が蒼白になり、唇が震える。肩に手が乗って、ようやく顔を凛のほうへ向けた。

「何かあったの？」

「か、浬くんが、事故に」

和奏の言葉に凛も言葉を失い、肩に置かれた手に力が籠《こ》められた。視界が涙で歪む。身体の奥のほうから震えが広がり、力が抜けていく。

「それで、浬くんは今、どこに……」

和奏は首を振って答えるのが精一杯で、今、座っていられることも不思議なくらいだった。

凛が床に落ちているスマートフォンに気付き、拾い上げるのをぼんやりと眺める。凛が何かを話している。まだ切れていなかったのか、と思って、はっと短く息を吐いた。

「和奏。落ち着いて」

和奏は激しく首を振る。落ち着くなんて、できない。呼吸が乱れ、胸が苦しくなっていく。

「お願い、落ち着いて。いくら人工心臓が入っていても、心臓への負担が――」

「だって、浬くん、怪我してるんだよね？　そうじゃなきゃ、知らない人が電話に出ることないよね？」

凛に背中を撫でられたが、和奏はその手を振り払った。

「浬くんね、この病院のＩＣＵに運ばれているんですって。和奏が落ち着いてくれるなら、連れていってあげるけど……でも、どちらにしても、まだ会えないみたい」

凛の声が震えていることに気付き、和奏は唇を噛んだ。凛だって、動揺しないはずがない。和奏は凛の言葉を、あえて飲み込まないようにして、深呼吸をした。飲み込んでしまうと、決して落ち着くことができない言葉だった気がしたから。

「もう、落ち着いた。だから、連れていって」

乱れていた呼吸は無理やり整えた。手の震えは止まらないけれど、腹に力を入れることはできる。トレーニングが進んでいるとはいえ、こんな状態では歩いていくことは難しいだろう。車椅子でしか許可が下りないことを考えれば、座っていることさえできれば、何とでもなるはずだ。

「……許可をいただいてくるわ」

和奏は凛の後ろ姿を見送り、指輪をクルクルと回す。浬の怪我の具合を考えたくない。知りたくない。でも、浬には会いたいと思う。和奏はぎゅっと目を瞑り、両手を組んで、浬の無事を祈った。

面会できると言われたのは、和奏が事故を知ってから、すでに数時間が経ってからだった。浬がいるのは和奏も何度かお世話になったことのあるＩＣＵだ。心配そうに見守る凛を入口に残し、ＩＣＵの中に入る。入口から車椅子を押してくれたのは顔馴染みの看護師で、何の根拠もないのに心強いと感じた。しかし、それは浬のベッドに行き着くまでのわずかな時間となった。

浬の寝かされているベッドの傍には一人の女性がいて、和奏の顔を見ると、ふらりと立ち上がった。凛と同じくらいの年齢の女性で、目が浬とそっくりだった。顔が青白いせいで、目元の赤みがとても目立っている。

「もしかして、浬のお友達？　それとも、彼女さんかしら？　ごめんなさいね。浬は家で学校のことも友達のことも、何も話してくれないから」

女性は微笑もうとしたのだろう。しかし、実際は顔を歪めただけだった。

「浬くんとお付き合いしている須藤和奏と言います」

「和奏さん、彼女さんだったのね。ごめんなさい。私は浬の母です」

和奏は首を振り、眉尻を下げた。どうして、謝るのかがわからない。男の子は家であまり話さないと聞くし、もともと口数の少ない浬のことを考えれば、何もおかしいことはないと思う。

和奏は黙って俯く浬の母――麻由を見つめ、言葉を待った。浬の容態を聞きたいのに、なぜか聞きづらい雰囲気だからだ。車椅子に座っているため、見上げる形となっている和奏からは麻由の表情が見える。フラフラしていて危なっかしく、虚ろな目が和奏の不安を煽ってくる。我慢の限界が来て、口を開こうとした時だった。

「浬の顔を見る？」

「はい」

すぐにでも近寄り、手を握りたい。怪我の具合を説明してほしい。そう思っていたが、浬の姿は麻由の身体に隠されていて、ずっと見えなかった。

麻由が車椅子の後ろに回り、ゆっくり押してくれる。浬の姿が近づくにつれ、和奏の目に涙が溜まっていき、ベッドサイドまで来た時には大粒の珠となって零れ落ちた。

浬は人工呼吸器をつけられていて、素人の和奏が見ても、意識がないことは一目瞭然だった。

「……浬くん？」

和奏は布団の上に置かれていた手を優しく握った。その手から温もりを感じ、和奏はもう一方の手で濡れた目を拭う。見えている部分に大きな怪我はなさそうだ。

説明を求めようと後ろに立っていた麻由に視線を移して、彼女がボロボロと泣いていることを知った。号泣している大人を初めて見た。それだけで、和奏が動揺するには充分だった。

「あの」

なんとか口は開いたものの、容態を聞く単純な言葉が出てこなかった。和奏は浬の手を離し、麻由の手に触れた。機械の不具合を疑うくらい、自分の心臓から嫌な音がする。

「ごめんなさい。泣いてしまって」

「いえ」

微笑んで答えたいのに、頬が引きつって上手くいかなかった。その涙の理由を知りたいのに、知りたくないと思う。知った時、自分がどうなってしまうかがわからない。恐怖が足元からせり上がってくる。

「浬ね。もう目を覚まさないんですって」

耳から入ってきた言葉を受け入れたくないと、脳が拒む。

「麻酔が切れるまで、ということですよね？」

麻由は弱々しく首を振る。思わず、握っていた麻由の手を強く掴んだ。そうしないと、頭がどうにかなってしまいそうだ。

「もう二度と、目を覚まさないの」

「そんなの、嘘よ！」

頭の中で、正体のわからない大きな音が響く。

「脳死なんですって。身体にはほとんど怪我がなかったの。だけど、頭を強く打っていて」

「そんな、そんなわけ……だって、まだ温かいんですよ？　本当はただ眠っているだけなんですよね？」

和奏は麻由の服を引っ張り、震える声で縋《すが》る。しかし、彼女はただ首を振るだけで、それ以上は何も言ってくれなかった。和奏は麻由から目を逸らし、恐る恐る浬の手に触れた。やはり、そこには確かな温もりを感じられて、今この瞬間に目を開けても驚かないくらい、穏やかな寝顔をしている。心電図だって、浬が生きていることを伝えてくる。ただ、規則的に胸が上下するたび、呼吸器の機械から音が鳴っていることだけが異様に感じた。

「まだ決めつけるのは早くないですか？　お医者さんが間違うことだってありますよね。よくドラマとかであるじゃないですか。目を覚まさないって言われた人が奇跡的に目を覚ますって」

自分がめちゃくちゃなことを言っている自覚はある。現に麻由は静かに泣くばかりで、和奏の言葉に応えようとはしなかった。

「ねえ、浬くん。冗談だよね？　本当は起きてるんじゃない？　こんなサプライズはいらないよ。もう悪戯は終わりにして、目を覚ましてよ」

和奏が手を強く握っても、何の反応も返ってこない。和奏が立ち上がると、車椅子が軋《きし》んだ。浬の頬にそっと触れる。柔らかくて、温かくて、男の子なのに肌理《きめ》が細かい。短い前髪を撫で、人差し指で目元に触れた。

浬は隠していたが、本当は目が大きくて、綺麗な漆黒の瞳を持っていることを知っていた。目立たないようにしていたから、知らない人がほとんどだったが、浬は整った顔つきをしていて、背も高い。運動をやめてからもスタイルはいいままだ。和奏は指の長い手が好きだった。

「こんなの嫌だよ。起きて……ねえ、私を一人にしないで。お願い……浬くん」

和奏はその場に崩れるように座り込んだ。ガタンと大きな音がＩＣＵ内に響き、看護師が駆け寄ってきた。

「和奏ちゃん、もう病室に戻りましょう」

「嫌、浬くんと離れたくない。ずっと一緒にいるって約束したの。ずっと一緒に生きていこうねって」

「今日は病室に戻って、休んで。身体に悪いから」

看護師が和奏を立ち上がらせ、車椅子に誘導する。力の入らない身体では抵抗することができなかった。

「やめて！　お願い、ここにいさせて。浬くんが起きるかもしれないでしょ。そしたら、一人で寂しがるかもしれない。浬くん、意外と寂しがり屋なんだよ。それに、今日、会いに来られなかったって、気にするかもしれない。だから、私がここにいて、気にしてないよって言ってあげないと！」

「和奏ちゃん、ごめんね」

看護師はそう言って、車椅子を動かし始めた。暴れて降りてしまえばいいのに、身体が言うことを聞かない。方向を変えられてしまうと、もう浬の姿が見えなくなってしまった。

「浬くんといられないなら、私も死なせてよ！　もう生きていく意味がないじゃない！　ねえ、お願い。私、心臓なんていらないから、浬くんのことを助けてよ。ねえ、ねえってば……！」

和奏の叫びがＩＣＵ内に響く。本来なら注意されるところだが、スタッフの中で誰一人として、和奏を咎める者はいなかった。誰もが二人の関係を知っていた。詳しくは聞いていないにしても、ただの高校生カップルにはない絆があることは、二人を知る者なら気付いていた。中には必死に涙を堪えている看護師もいる。医療従事者だからこそ、現状と今後が見えているせいかもしれない。

その後、凛の姿を見たあとの記憶が、和奏にはなかった。気付いたら、自分の病室で朝を迎えていた。

雨降りの朝の病室は、電気を点けていても薄暗い。検温のために看護師が入ってきても、話しかけられても、和奏は返事することもできずに、ただ、されるがままになっていた。看護師も事情を聞いているのだろう。本来は体調等を聞き取らなくてはならないはずなのに、何も聞くことなく、検温を終えて出て行った。

泣きすぎたせいで、頭が割れるように痛む。呼吸をしているかも、もうわからなくなっていた。自分の周りに膜が張って、世界から孤立したように感じる。いっそ、このまま世界から消えてしまいたい。

和奏は午前中、何度か、浬のところに行きたいと訴えたが、なかなか許可をもらうことができず、苛立ちが爆発してしまいそうだった。会えない間に、浬の呼吸が止まってしまうかもしれないのに。いや、もしかしたら目を覚ましているかもしれない。そうだとしたら、ますます会いに行かなくてはならない。そんな矛盾した思考が、和奏を追い詰めていく。

午後になって、ようやく主治医が和奏の元にやってきた。和奏はその姿を見るなり、ベッドから降りて、白衣を掴む。

「先生、お願い。浬くんのところに行きたい」

「和奏ちゃん……興奮状態は良くないの」

「じゃあ、ずっと会えないまま、ここにいなくちゃいけないの？　ここで待っていても、いつものように、浬くんが来てくれるわけじゃないんだよ。だったら、私が会いに行かなくちゃ。先生だって、私の気持ち、わかってるよね？」

主治医の表情が曇っていることに気付いていても、和奏は口を閉じることができない。白衣を掴む手に力が入る。今、許可してもらえないと、もう二度と行けなくなる。そんな強迫観念に囚われ、和奏は涙を浮かべて訴えかけた。

「わかっているの。ちゃんと和奏ちゃんの気持ちはわかっているから。今は、ベッドに横になってくれる？　胸の音を聞かせてほしいの」

「先生、私ね、心臓いらない。もう、こんなポンコツの心臓なんて放っておいていいよ。それよりも、私は今、浬くんに会わないといけないの」

主治医に手を握られ、背中を擦《さす》られる。でも、和奏がしてほしいのはそんなことではない。面会の許可だけを求めている。中途半端な慰めもいらない。

「浬くんを治してくれるなら、言うことを聞く」

「和奏ちゃん……」

主治医の手に力が籠《こ》められたことが、和奏には返事のように思えて、目の前が真っ暗になる。

「ねえ、先生。私の脳って、浬くんにあげられない？　できるよね？　だって、医学って進歩したんでしょ？　今の技術ならできるよね？」

和奏の切羽詰まった声に、主治医は力なく首を振る。

「ごめんね。脳だけはできないの。和奏ちゃん、お願いだから、診察をさせてくれないかな？　その結果、問題が起きていないようなら、会いに行くことを許してあげるから。その代わり、あまり興奮しないって約束してくれる？　無理なことを言っているって、先生もわかっているんだけど……」

和奏は苦悩を浮かべる主治医をじっと見つめると、止めどなく流れていた大粒の涙を強引に拭った。

「わかった。約束する」

「ありがとう」

本当なら、約束なんてできるわけがなかった。大好きで、大切で、心の大きな支えになっていた浬を失うかもしれない。そんな状況で冷静でいられるはずがないのだから。

和奏は診察を受け、異常がないことを確認してもらった上で、面会許可を取り付けた。

ＩＣＵの入口を抜け、真っ直ぐ浬のベッドに向かう。和奏がベッドにいて、浬が会いに来る。それが日常だったのに、今では逆転していて、それが不思議で仕方がない。夢だと言われても納得できるほど、現実感がない。

何人かの看護師が和奏に視線を寄越してきたが、心配そうな顔をするだけで、誰も話しかけてはこない。今、車椅子を押してくれている看護師ですら、口を噤《つぐ》んでいる。恐らく、話しかけようがないのだろう。それくらい、自分が酷い有様であることを自覚している。

「浬くん、来たよ」

ベッドサイドに着き、車椅子を止めると、看護師は離れていった。二人きりにしてくれたことに感謝しつつ、和奏は浬の顔を覗き込んだ。知っている顔色よりも少し白いが、穏やかな表情で眠っている。手に触れ、ぎゅっと握ったが、やはり握り返してはくれない。わかっているはずなのに、そんな些細なことでも心を抉《えぐ》られる。

「皆、浬くんはもう起きないって言うんだよ。酷いよね。諦められるわけないのに。奇跡は信じていたら、叶うんだよね？　だから、私も奇跡を信じるよ。浬くん、目を覚まして、一緒に生きていこうよ。私のこと、一人にしないよね？」

　和奏は微笑もうとしたが、口元が引きつれ、不器用な息が漏れるだけだった。浬の掌を上に向け、そっと撫でる。和奏よりもずっと大きな手は、何度も和奏を包み込んでくれた。おとなしくても、不器用でも、浬はいつも頼りになる存在であったし、優しくて、少し弱そうに見えても、根はしっかりしていて、冷静だった。和奏は浬が取り乱すところを見たことがない。それは、和奏の状況を知っても変わらなかった。

「浬くんの笑顔、私、好きなんだ。上手く笑えないと思っていたかもしれないけど、優しくて穏やかで、私には最高の笑顔なの。見ているとね、安心するの。私まで優しい気持ちになる。話し方も静かで、落ち着きがあって。それなのに、私がからかうと慌てて早口になるところなんて、本当に可愛いんだから」

　和奏は浬の掌をマッサージするように、軽く揉む。この刺激で目を覚ますかもしれないと思ってのことだが、ただ和奏が触っていたいだけかもしれない。

　その時、機械からエラー音が鳴り、和奏の身体が大きく跳ねた。隣の患者の機械とわかって安心したものの、次は浬に付けられた機械から鳴るのではないかと思うと、怖くて落ち着かない。エラー音はさまざまな理由で鳴るため、命の危険に直結しているわけではないと知っているのに。

「浬くん、私ね、行きたいところがいっぱいあるの。今までできなかったこともやりたい。全部、浬くんとじゃなきゃ意味がないんだよ。二人でスポーツもしてみたいな。浬くんがサッカーをしているところも見たい。ずっと一緒にいたら、たくさん時間があるよね。楽しみだな」

和奏が懸命に話しかけても、浬からの反応は返ってこない。眠っているだけなら、少しくらい動きを感じられるものだ。まるで体温を持った人形のような姿に、絶望を感じざるを得ない。

ここに来る時に、泣かないと決めてきたにもかかわらず、ほろほろと零れ続ける涙で頬が濡れてしまっている。

「浬くん、私、寂しい。声が聞きたいよ……」

和奏は手を握ったまま、ベッドに頬を乗せ、声を殺して泣いた。握っている手が涙で濡れても、浬が拭ってくれることはない。大好きな優しい目を向けられることもない。今まで当たり前にあった浬からの愛情が、忽然と消えてしまった気がした。

「和奏ちゃん」

突然聞こえた女性の声に、和奏は飛び起きた。寂し気な表情を浮かべた麻由が近寄ってきて、和奏の隣に跪《ひざまず》く。

「え、あの」

和奏の戸惑いを気にしていないかのように、麻由は和奏の目を真っ直ぐ見てくる。浬に見つめられているような錯覚を起こし、和奏は唇を噛んだ。

「和奏ちゃんのところに話しに行こうと思っていたの」

麻由の静かな声に決意が込められていることを察し、和奏は激しく首を振った。

「いつまでも、浬をこのままにしておくわけにはいかないの」

「嫌です！　このまま待てば、浬くんは起きてくれます。だから、まだ決めないでください」

和奏の必死の訴えを聞き、麻由は悲しそうに眉を寄せる。涙を堪えているのはわかったが、和奏は麻由の話に納得するわけにはいかない。

「和奏ちゃん、これを見て」

次にどんな言葉が来るのかと構えていた和奏の前に、一枚のカードが差し出された。

手に取った瞬間、息を呑む。

「浬の意思表示カードよ。あの子、いつの間にか作っていたみたい。裏を見て」

そう言われ、和奏は緩慢な動作で受け取ったグリーンのカードをひっくり返した。裏面には臓器提供の意思を書き込む欄がある。

『心臓は須藤和奏さんにあげてください』

その言葉を見た瞬間、和奏の涙腺は崩壊した。声にならない絶叫を上げ、カードを胸に抱き締める。ここに、浬の愛が詰まっている。忽然と消えてなくなったわけではない。その事実が胸に刺さり、熱い痛みとなる。麻由に抱き締められても、和奏はなかなか泣きやむことができなかった。

和奏の涙が収まってきた頃、麻由は閑《しず》やかな声で話しかけてきた。

「私は浬に何もしてあげられなかった。それどころか、嫌な思いばかりさせたかもしれない。この意思表示が浬の最後の願いだとしたら、親である私は無視することはできないと思ったの」

和奏は俯き、言葉を探した。いや、自分の感情を探したと言ってもいい。麻由の言いたいことはわかる。客観的に見たら、本人の意思は尊重されるべきだ。しかし、それがどこに繋がっているのかを考えると、返事に窮してしまう。何も言えない和奏の手を握り、麻由は目に涙を溜めながらも、薄っすらと笑みを浮かべる。

「母親として、臓器提供に同意するつもりよ」

和奏がいくら我が儘を言っても、駄々を捏ねても、本人の意思と親の同意以上に重要視されることはない。たとえ、恋人であっても。それでも、事前に、和奏に話してくれているのだから、充分、尊重してもらっている。

「でも、そうすると、浬くんは……」

正式な脳死判定を経て、提供のための検査を行い、提供先の患者が見つかれば、粛々と臓器提供は進み、生命維持装置がすべて取り外される時が来るということ。つまり、その瞬間、浬の『死』が確定する。

和奏は頭を抱え、唸った。浬が脳死であることを認めたくない。だけど、医師の診断に間違いがないことも、浬の意思を尊重したほうがいいこともわかっている。和奏が頷けば、あっという間に話は進むのだろう。たった一度の首肯で、浬の人生が終わってしまう。浬との訣別を自ら選択しなければならないことの重さを、和奏は改めて実感した。

結局、その場で了承できず、病室に戻ってからも、ひたすら浬のことを考えた。考えることから、逃げ出したい。先延ばしにしたい。何度もそう思った。しかし、そのたびに、和奏と向き合ってくれた浬を思い出した。

決して逃げず、常に優しい笑顔で、前向きでいてくれた恋人。どれだけ和奏が挫けそうになっても、その何倍もの強さで立ち上がらせてくれた。口が達者なわけでもないのに、多くのことを考え、和奏を思いやり、精一杯の言葉を伝えてくれた。奇跡を信じてくれていたのは確かなのだろうが、それ以上に、浬は和奏に生きる意志を持っていてほしいと思っていることには気付いていた。だから、生きようと思えるようになったところだったのに。

和奏は、暗い病室から夜空を見上げた。今日は朔《さく》の日だ。月は不在にしていて、普段は届かない控えめな星たちの煌めきも地上に届く。一見、弱く頼りない光でも、朽ちることなく輝き続けているのだ。果たして、月を失った和奏が腐らず生き続けることはできるだろうか。和奏は頬を伝った雫を人差し指ですくう。この涙も、いつかは止まるのだろうか。

「浬くん、私は自信がないよ。あなたがいない人生を歩んでいける気がしない。でも、浬くんの想いは受け止めたい」

臓器移植は移植待ちの家族がいる場合に限り、優先権があるが、他人への優先権はない。だから、浬の意志が『和奏にあげる』ことだったとしても、それは効力を持たない。しかし、浬の想いは伝わってきた。これを無視するのは、浬の想いを無碍にすることになる気がして、拒否していた頑な気持ちが不安定になる。理性と感情の狭間で揺れながら、和奏は星空を眺め続けた。

翌日の夕方、和奏は浬に会いに行った。その時間に麻由が来ることを聞いていたから。和奏がＩＣＵに到着した時には、すでに彼女はその前で待っていてくれた。二人は会話をすることなく、共に中に入り、浬のベッドサイドに並んだ。

「浬くん、会いに来たよ」

和奏の声に甘い香りが乗り、優しく浬の周りを包む。和奏は立ち上がって、浬の頬に触れた。温かくて張りのある肌は、これまでと何も変わらない。そのせいで、もう助からないとわかっていても、認めたくなくなるのだ。ここに来るまでに決意を固めてきたにもかかわらず、その決意がグラグラと揺れ動く。

「きっと、浬くんはいろいろ考えていてくれたんだよね。私なんかよりもずっと、私のことを。それでね、どんな気持ちで、このカードを書いたんだろうって考えたんだ。そしたら、私、浬くんの気持ちをあまり聞いたことがないって気付いちゃった。いつも私の気持ちを汲んでくれて、慮《おもんぱか》ってくれていたけど、私は浬くんの気持ちを察してあげていなかったし、心情を汲むことができていなかった。いつも笑っていてくれるから、頼ってばかりで、浬くんも悩んでいるかもしれないとか、悲しんでいるかもしれないって思い至れなかった。ごめんね」

和奏は浬の髪を撫で、目尻を下げる。

「髪を切るの、きっと勇気がいったよね。隠していたんだもんね。それでも切ってくれたのは、それだけ私と真剣に向き合おうとしてくれたってことだよね。私ね、浬くんの誠実なところ、本当に好き。適当に向き合う振りをすることも、耳障りのいいことを口先だけで言うことだってできるのに、浬くんは全部、全力だったね。あなただから、私は生きたいと思えるようになった」

機械音の合間を縫って、隣にいる麻由から鼻を啜る音が聞こえる。和奏は目元に力を入れて、涙を堪えた。

「本当は、浬くんと生きていきたかった。お別れするのは、おじいちゃんとおばあちゃんになってからが良かった。これから何十年とあったはずの時間が、こんなにも呆気なくなくなるなんて。私は自分が死ぬことしか想像していなかったから、浬くんが先にこんなことになるなんて、思いもしなかったよ。今でも、浬くんが起きるんじゃないかって、どこかで思ってる。笑いかけてくれるんじゃないかって。だけど、浬くんの命を受け継いで助かる人がいるんだよね。それなら、私は決意しなくちゃいけない」

和奏は大きな手を両手で包むと、祈るように額に押し当て、想いを口にした。

「浬くん、大好き。今までありがとう。あの日、桜の木の下で私を見つけてくれて、ありがとう。色をなくした私の生活が、もう一度色付いた瞬間だった。あの日、屋上で私を見つけてくれて、ありがとう。すべてを終わらせるはずだった私に訪れた、幸せな日々の始まりだった。ずっと一緒にいてくれて、ありがとう。泣きたくなる日も、恐怖に押し潰されそうになる日も、あなたがいたから耐えられた。浬くんの存在が大きすぎて、言わなくちゃいけない言葉を口にするのが怖い。それでも、言わなくちゃいけないんだよね」

震える唇で、そっと浬の頬に口づける。

「浬くん……さようなら」

和奏から零れた涙が浬の頬を伝うと、浬も泣いているように見えた。

それから、和奏は麻由に挨拶をし、ＩＣＵを出た。限界だった。一度零れ始めた涙は留まることを知らず、次から次へと溢れてくる。これ以上、何も言葉にすることはできなかった。どれだけ話しても、どれだけ想いを伝えても足りない。本当だったら、永遠とも思えるほどの時間をかけて、溢れる想いを伝えたいと思う。しかし、こうして顔を見て伝えられるのは、今日で最後になるだろう。葬儀に参列できたとしても、もう浬から温もりは奪われているのだ。そう考えると、浬を失うことへの恐怖が大きくなり、潰されてしまいそうになる。和奏は現実と幻想の間を行き来しているような曖昧な意識の中、ただただ浬を想った。

そんな和奏の元に報せが届いたのは、翌日のことだった。

ぼんやりと窓の外を眺めていた和奏は、ノックの音と同時にドアが開いて驚いた。見れば、和奏の主治医で、息が上がっている。見たことないような高揚した雰囲気に、和奏は首を傾げた。

「先生？」

「和奏ちゃん、ドナーが見つかったわ」

和奏は主治医の言葉が理解できず、茫然と見つめ返す。

「だから、心臓移植が受けられるの！」

いつも冷静な主治医とは思えない興奮した様子に、和奏は目を白黒させる。遅れて意味を理解し、眉間にしわを寄せた。

「冗談ですか？」

「こんなこと、冗談で言うわけないでしょう！　ご両親にも説明するけど、和奏ちゃんの気持ちも聞きたい。提供を受ける？」

和奏は俯き、拳に力を籠《こ》めた。

「待って、先生。このタイミングで見つかったドナーって、まさか……」

心臓の鼓動が強くなり、目の前がチカチカ光る。

「ごめん。提供者については話せないの」

そう話す主治医の目は雄弁に語っていた。

「……先生、ちょっと一人になりたい」

「わかったわ」

主治医は和奏の複雑な表情に気付き、それ以上は何も言わずに出て行った。一人きりになった和奏は枕に顔を押し当て、叫んだ。

「浬くんのバカ！　私はこんな奇跡、いらなかった！　二人で生きていく奇跡が欲しかったの！　どうして奇跡を起こしたのが浬くんなのよ！」

移植が嬉しくないわけじゃない。ただ、提供者が浬である可能性に、和奏は大きな衝撃を受けた。奇跡の中でも、最もあり得なかった奇跡。

「もしかして、躊躇せずに、すべてを受け取るように言っていたのって、このこと？」

不意に思い出した浬の言葉に、和奏は目を見開き、固まった。浬だって、こんな奇跡が起こるとは思いもしていなかったはずだ。その中でも可能性を信じて、意思表示カードを書いたのだろうし、メッセージに願いを込めたのだろう。

「でも、こんなの、喜べないよ……」

嬉しいと泣けばいいのかもしれない。浬の最期の想いが和奏に届くのだから。それが浬の死と引き換えでなかったら、和奏だって諸手を挙げて喜んでいた。

「バカ……本当にバカだよ、浬くん」

浬の死を受け入れざるを得ないから、そう努力をしただけであって、胸の中には悲しみと絶望が錘《おもり》のように居座っていた。それなのに、今度は心臓を受け取れと言う。死ぬのは浬で、助かるのは和奏だという非現実的とも言える状況を突き付けられ、ショックのあまり、和奏の中から感情が抜け落ちていく。

しかし、和奏が移植を拒否すれば、別の誰かが心臓を受け取ることになる。それだけは嫌だと思う。複雑な思いをすべて呑み込み、浬の心臓を受け取るしか、選択肢はない。泣き疲れて寝てしまった和奏が目を覚ましたあと、両親と主治医と四人で話し合い、提供を受ける決意をした。

第八章　「シオン」

季節は移り変わり、再び春が訪れた。川沿いの土手には花が咲き始め、桜も満開を目前にしている。麗らかな陽気が人々を活気づかせ、動物は活動を始めた。終わりがあれば、始まりがある。そんな季節には相応しくない暗い面持ちで、緊張と不安をいっぱいにし、和奏は浬の家の前に来ていた。

和奏は心臓移植を問題なく終え、免疫抑制剤等の治療を受けて、無事に健康を取り戻した。しかし、移植手術を受けたせいで、浬の葬儀には出られず、和奏は浬にお礼も別れも伝えられていなかった。本当はもう少し早く来ることもできたのだが、浬がいない現実を受け止められるかが不安で、家を訪れることができなかった。

和奏がチャイムを押すと、麻由が玄関を開けてくれた。麻由は和奏が入院中、何度かお見舞いに来てくれていた。浬の身体は、大切に送られていったと聞いている。麻由はすべての臓器を提供できたことを喜んでいたが、和奏は素直に喜ぶことができなかった。心臓は和奏の中で生きているが、他の浬の一部は知らない人たちの元へ行ってしまったのだから。いつか心から良かったと思える日が来ることを、和奏は願うしかない。

和奏が案内されたのはリビングの隣にある和室だった。そこに仏壇があり、浬の写真が飾られていた。ぎこちない笑顔の浬は、和奏が知る彼よりも少し幼さが残っている。和奏は手を合わせ、目を閉じた。

今でも浬の低い声は鮮明に思い出せる。穏やかな笑い声も、細やかな仕草も、和奏に触れる優しい手も、抱き締められた時の温もりも、何もかもが和奏には大切でかけがえのないものだ。もう二度と会えないのだと実感するたびに、和奏は泣いてしまう。それは今でも変わらず、悲しみの中でもがいている。

和奏は心の中で、浬に話しかけようとした。しかし、言いたいことはたくさんあったはずなのに、いざ目の前にすると上手く言葉が出てきてくれない。結局、『ありがとう』と『浬くんのお蔭で生きているよ』ということしか伝えられなかった。言わなくてはと思っていた別れの言葉は言えなかった。ＩＣＵで言った別れの言葉が、和奏の精一杯だったようだ。

「和奏ちゃん、来てくれてありがとう。体調はどう？」

顔を上げると、麻由がテーブルにお茶を並べているところだった。母親というのはやはり強いのだろうか。和奏は未だに不安定なのに、麻由はスッキリとした表情を浮かべている。そう思って、和奏は内心で否定した。気丈に振る舞うことで、心を守っている可能性だってある。大人だから、親だからと、子どもの死を割り切ることが容易なわけではない。親だからこそ、和奏以上の思いを抱いているかもしれない。

「お蔭様で、元気に過ごせています。私、おばさまにお礼を言えていませんでした。浬くんの臓器提供に同意してくださったお蔭で、私はこうして健康に生きられるようになりました。本当は提供者と患者は、直接やりとりをしてはいけないようですが、今回は特別ですよね。先生方も黙認してくださっていますし」

そう言って、和奏は力なく笑った。申し訳なさそうにするのも、歓喜の笑みを浮かべるのも正解だとは思えない。何より、和奏は自分本来の笑顔を忘れてしまっていた。

「浬も喜んでいると思うわ。あの子、無愛想に見えて、優しいところがあるから」

「浬くんは無愛想なんかじゃなかったです。私にはいつも笑顔を向けてくれていたし、気配りのできる素敵な人でした」

それを聞いた麻由は微笑み、優しい目で和奏を見つめる。

「浬くん、おばさまとそっくりな目をしていました。まるで浬くんに見られているみたいで……すみません」

和奏は滲んできた涙を手で拭い、唇を噛み締めた。今日は絶対に泣かないと決めていたのに、自分から出てくる言葉が過去形ばかりであることに、悲しくなってくる。

「和奏ちゃんに渡したいものがあるの」

突然、話が変わったことに驚き、麻由を見つめる。和奏の悲し気な表情とは異なり、麻由は目元に笑みを浮かべ、机の上に箱を置いた。それほど大きくはない箱は何かの空き箱だったのだろう。花柄が淡く描かれていて、可愛らしいものだ。

「これは？」

「浬の部屋で見つけたの。箱を開けてみて」

和奏は麻由に差し出された箱を手に取り、そっと蓋を開けた。中にはたくさんの封筒が入っていて、一番上にある封筒には『須藤和奏様』と書かれている。その字は間違いなく浬のものだった。

「もしかして……」

「全部、和奏ちゃん宛の手紙よ。浬が手紙なんて、私には全然イメージが湧かないけど、どうしても伝えたいことがあったのかしら。でも、こんなにも書き溜めていた理由がわからないんだけどね」

そう言って、麻由は苦笑する。和奏はその言葉に反応することもできず、茫然と常盤色の封筒を見つめ、震える手で名前を撫でた。文字には温もりなんてないはずなのに、不思議と温かみを感じる。少し角張っているけれど、几帳面に書かれた文字は浬の性格をよく表していた。

和奏が手紙から目を離し、麻由の顔を窺うと、彼女は和奏の言いたいことがわかったのか、大きく頷く。

「おうちで、ゆっくり読んでやって」

和奏はその言葉に大きく頷き、浬の写真に目を遣った。

「浬くん、また来るね」

逸る気持ちを抑えることは難しく、自宅への道中で何度も走り出したくなった。それでも、なんとか平静を装い、自宅を目指す。和奏が歩くたびに、リュックサックの中で手紙たちが揺れ動く音が聞こえる。早く読んでと言われているような気がして、和奏はショルダーベルトをぎゅっと握り締めた。


自分の部屋に入ると、ローテーブルに箱を置き、唾を飲み込んだ。早く読みたいけれど、何が書かれているかが想像できなくて、不安にもなる。麻由も言っていたとおり、何通も書いていたのに和奏に渡してくれなかったのは、いったいどんな理由があると言うのだろう。もし、読ませる気のない手紙だとしたら、和奏は読まないほうがいいのかもしれない。

しかし、今の和奏に読まないという選択はできなかった。

「浬くん、ごめんね。読ませてもらうね」

和奏は囁き、一番上にある手紙を取り出した。下に隠れていた封筒には『誕生日を迎えた君へ』と書かれおり、桜の花びらを模した和紙が一片だけ貼られていた。それだけで、なんとなく浬の考えていることがわかって、眉間にしわを寄せた。そうしないと、また泣いてしまいそうだったから。

和奏は大きく深呼吸をすると、一通目の手紙を開いた。その中には封筒と同じ常盤色をした便箋と、和紙でできた葉が一枚入っている。

「もしかして、桜の葉?」

掌に載せた葉を見つめていると、浬の笑顔が浮かぶ。やはり浬の気配りは細やかだ。和奏が用意した桜の花びらに葉を加えたことにも意味があるに違いない。

和奏は笑みを浮かべると、それらをテーブルに置き、便箋を開いた。

『須藤和奏　様

君がこの手紙を受け取ったということは、僕に何かあった時だと思う。きっと悲しませたよね。ごめん。

僕は君と出逢って、いろいろなことを感じ、考えるようになった。

人を好きになるとはどういうことなのか、ようやく知ることができた。人を愛しく思い、かけがえのない存在を守りたいと願い、そのためにはどこまでも強くなれる。君は僕にとって、何にも代えがたいほど大切な存在で、世界一大好きな人だ。

君の病気の話を聞いて、僕は初めて死について、真剣に考えたよ。病死、事故死、自殺、他殺。僕たちの身近に死は溢れていて、すべての人に平等に訪れる。だとしたら、僕の死についても考えるべきだと思った。

君が死と隣り合わせの生活をしているように、僕にだって、死は訪れる。死は免れないものだけど、僕は奇跡を起こすと誓ったから、最期にできることを考えた。

それが、意思表示カードとこの手紙を残すことだった。そのカードが活かされたのかは、今の僕にはわからないけど、そうだったらいいなと思う。

そのカードに願いを込めたから、心臓は君に届くといいな。もし、奇跡が起きて、僕の心臓が君に受け取ってもらえるなら、絶対に受け取ってね。約束したよね？

手紙を書きながら、この手紙を渡すことになりませんようにって祈っているけど、この願いは叶えてもらえなかったみたいだね。

手紙を書くなんて初めてだから、上手く書けているか、自信がないな。少しでも僕の想いが伝わっているといいけれど、下手でも不器用だなって笑っておいてね。

これまでは、生きるということを意識したことがなかったけど、君が教えてくれたね。生きるということが、どれだけ大変で、生きていることがどれだけ尊いことなのか。

いい大学に入る。有名な会社に就職する。結婚する。子どもが生まれる。人生には望むものがたくさんあると思う。だけど、一番すごいことは、生きていること、そのものだと思う。ただ毎日を生きて過ごしていく。それだけで、充分頑張っているんだよ。

だから、忘れないで。生きていることは、それだけで褒められていいことなんだ。すごいことを成し遂げた人だけがすごいわけじゃない。生きることの難しい世界で生きている。それだけで、誰もが平等に称えられるべきだと思う。

僕が傍にいてあげられたら、君のことをたくさん褒めてあげられるんだけどな。でも、褒めすぎたり、甘やかしすぎたりして、君に怒られていたかもね。


和奏。僕の大切な和奏。

今まで頑張って生きてきたね。

つらい日も悲しい日も、たくさんあったと思うけど、それでも僕の隣で笑っていてくれた。本当にありがとう。

僕は和奏に出逢えて、幸せだった。君を好きになれて、本当に良かった。

もっと一緒にいたかった。君と人生を歩んでいきたかった。

だから、やっぱり悲しいし、悔しい。でも、それ以上に、君の気持ちを思うと苦しくなる。どれだけ謝っても足りない。泣かせたくなかったし、悲しませたくなかった。どうしても、それが心残りだよ。本当にごめん。


これから誕生日がきたら、次の手紙を読んでね。

君が大好きな桜の花びらが、読む順番を教えてくれるよ。

僕の想いが、少しでも君の心を癒せたら嬉しいな。


和奏。僕の愛しい和奏。

僕は君の笑顔が大好きだよ。

これからもいろいろなことがあると思うけど、それでも君には笑っていてほしい。難しいことかもしれないけど、君にならできる。

僕の分まで、強く生きて。

大塚浬』

和奏は便箋をテーブルに置くと、両手で顔を覆った。何度拭っても流れてくる涙のせいで、大切な便箋が所々濡れてしまっている。まるで浬が語り掛けているかのような手紙に、和奏は言葉が出てこない。

浬の想いは知っているはずだった。大切にされている自覚もあった。しかし、秘められていた想いの深さに心を奪われ、その温かさに心を包み込まれた。

これは遺書だ。人はいつ死ぬかわからない。だからこそ、和奏が一人になってしまった時のことを危惧したのだろう。浬のいない毎日をどう生きていけばいいのかと悩み、未だに悲しみから抜け出せないでいる和奏のことを、浬は予想していたのだ。浬が遺したかったものは、和奏への想いと、未来へと歩み始めるきっかけ。手紙にはいくつも消した跡があり、浬が一生懸命考えて書いてくれたことが伝わってくる。

「浬くんって自分のことより、私のことばっかり。それに、最期に手紙で名前を呼ぶなんて、ずるいな。もう抱き締めてくれないのに、私のことをドキドキさせるんだから、相変わらず罪な人だよね」

そう掠《かす》れた声でつぶやき、小さく笑った。

和奏は生きていかなければならない。浬にもらった心臓と共に、浬が好きだと言ってくれる笑顔で。いくら浬に会いたいと願っても、決して叶うことはない。では、和奏にできることは何だろうか。それは大好きだと言ってもらえた自分を大切にしながら、前を向いて生きていくことだろう。いつも笑顔でいることがどれほど難しいか、和奏はよく知っているし、逃げ出したいと思った時に踏ん張ることの大変さも、よく知っている。和奏がよく知っていることも承知の上で、浬は和奏に望んでいるのだ。和奏ならできる、と。その上、和奏が自分のことを信じられなくても、浬の言葉なら信じることができるということまで、ちゃんと計算済みだ。

「私、すごい人を好きになっちゃったんだな」

最愛の人を亡くした喪失感は大きい。それればかりは変えようのない事実だ。しかし、どう立ち直っていくかは、和奏次第である。浬の言葉を聞かなかったことにして、泣き暮らしていくこともできる。笑顔を忘れて、悲嘆に暮れて殻に籠《こ》もってしまうこともできる。それでも、和奏はその選択はしない。

「だって、浬くんの言霊は強いんだもん」

浬ができると言うのなら、できる。和奏は涙で濡れた顔をくしゃくしゃにして、笑顔を見せた。

「笑顔を忘れたなんて言ったら、浬くん、心配してオロオロしちゃうから」

大きく息を吐き、胸に手を当てた。この身体の中で一緒に生きていく浬のために、和奏は笑っていようと誓う。

しばらくして落ち着きを取り戻した和奏は、一通目となる手紙を手に取った。奇しくも、今日は和奏の十九回目の誕生日だった。

手紙にはこう書かれていた。

『誕生日おめでとう。

今日まで生きてきてくれて、ありがとう。

僕は、和奏の笑窪《えくぼ》が好きだよ』

短い文章に、常盤色の葉が同封されている。この手紙を読んだ和奏の顔が真っ赤に染まり、両手で頬を覆った。

「え、笑窪なんてあったっけ？　鏡の前で笑ったりしないから知らなかった」

和奏は後ろにあったベッドに飛び込み、枕に顔を埋める。手紙を読んだら、また泣いてしまうと思っていた。だから、身構えていたのに、純粋なラブレターだったせいで無防備に撃ち抜かれてしまった。しかも、和奏が浬に宛てたラブレターを模しているところも恥ずかしくなってくる。浬にどんな意図があったかはわからないが、気持ちを込める意味とからかいの両方が含まれている気がして、むず痒い。

「どっちにしても喜ぶってわかっているところがムカつく！」

和奏は叫び、仰向けになった。右手を見れば、まだ薬指には指輪がはめられているし、首元にはネックレスが着けられている。

「私は、生きていくよ。あなたの分まで。だから、見ていて」

和奏の声に返事をするかのように、窓から射し込む陽光が指輪に反射し、きらりと光った。

エピローグ「桜」

地面に足を置くたびに、土を踏む音が辺りに響く。ひんやりとした風が頬を撫でていき、どこからか花の香りがした。空を見上げると、三日月が辺りをほんのりと照らし、星が遠く彼方から光を届けている。やがて見えた桜の姿に、私は感嘆の息を零した。昔と変わらない佇まいの桜は満開を迎え、薄紅色の花びらが夜空を背景に浮かび上がっている。

今日で二十八歳を迎えた私は夜の高校にこっそりと忍び込み、懐かしい中庭に桜を見にやってきた。肩甲骨の辺りで髪がふわりと風を含む。頬にかかった髪を耳にかけ、私はそっと木に触れた。

「懐かしいな。全然変わってない。あの頃のままだ」

昔と変わりはないはずなのに、月明かりに浮かぶ桜は幻想的で、高校生の時に見た桜よりも大人っぽい雰囲気をまとっている気がする。

「私ね、桜を見ると元気が出るんだ。また、次の桜の季節まで頑張ろうって思えるの」

浬くんの死から間もない頃、私は何度も涙を流していたんだよ。頑張ろうと強く思っていても、そんな決意など呆気ないものだと嘲笑うかのように、寂寥感と悲懐に襲われるの。それでも、毎年桜が咲くたびに、少しずつ強くなっていった。浬くんとの思い出を浮かべ、浬くんの想いを心臓から感じ、私は一歩一歩、ひたむきに前を向いて歩んできたの。

「浬くんのお蔭で、私は笑っていられるんだよ」

自然と笑顔を見せられるようになったのは、いつのことだっただろう。成人式で振袖を着た自分を見て、時の流れを感じた。そういった小さな積み重ねがあって、ようやく吹っ切れていったのかもしれない。

「私にとって、浬くんの存在は大きいんだからね。どれくらい自覚しているのか、わからないけど」

鈍感で自分に自信のない浬くんは、きっと自覚することはなかっただろうね。そう思うと、可笑しくて笑みが零れる。

「浬くんの笑った顔が見たいな」

不器用で優しい、あの笑顔を見たい。こちらを見て、笑いかけてほしい。そう望む気持ちは、一向に弱まる気配がない。それは、私の中に存在する浬くんが、未だに生きているからかもしれない。この願いが虚しいものであることはわかっているよ。それでも、これだけはなくしたくない願いなの。

笑顔をぎこちなく見せる浬くんを想像して、私は小さく笑った。

「あ、この枝、届きそう……あぁ、私じゃ無理か」

私は、不意に目に入った枝に手を伸ばした。残念だけど、私の背では一番下がっている枝にも届かないみたい。

「浬くんなら届くかな」

そうつぶやいた瞬間だった。その枝がカサッと音を立てて、小さく揺れた。まるで浬くんがそこにいて、枝に触れたみたいに。驚いた私は、思わず息を呑んだ。浬くんはもういない。そんなことはよくわかっている。それなのに、浬くんが自分の存在を伝えようとしている気がして、胸が苦しくなる。

記憶の中で生きる浬くんとは、年々歳の差が開いていくね。大学に入学し、就職し、世間の荒波に揉まれている私と、高校生のままの浬くんとでは違うことが増えてきて当たり前なのにね。でも、私はどうしても寂しくなっちゃうの。

私は二人で過ごした思い出の根元を見つけ、ほうっと息を漏らした。ここも昔と変わっていない。私は根に腰を下ろし、目を閉じた。こうしていると、浬くんとの日々を鮮明に思い出せる。私はいつも浬くんが座っていたところに触れた。まだ、浬くんの温もりが残っていたらよかったのに。

感傷に浸りながら、私はトートバッグから箱を取り出した。振るとカサカサと紙が動く音が聞こえる。今日ここに来たのは、どうしても思い出の桜の木の下で手紙を読みたかったから。

膝の上に箱を置いて、その中から常盤色の封筒を取り出した。浬くんの文字を指でなぞり、桜の花びらを撫でる。花びらは十片目となり、二つの桜が出来上がった。

慎重に開くと、十枚目の葉が出てきて、思わず微笑んだ。いったん、それらを封筒に戻すと、畳まれたままの手紙に視線を落とす。

私がかつてないほど緊張している理由、浬くんはわかっているよね。今、私の手の中にある手紙が最後なんだから。毎年一通ずつ読んできて、去年、残りが最後の一通であることに気付いて、落ち込んだ。それでも、月日は流れ、こうして最後の手紙を読む日が来てしまった。

私は少し怖くなり、その手紙を箱に戻すと、中からこれまでの手紙を取り出し、順番に読み始めた。

『誕生日おめでとう。
今日まで生きてきてくれて、ありがとう。
僕は、和奏の可愛い声が好きだよ』

一年遅れで高校を卒業した私が、晴れて大学生となった年。新たな生活に期待と不安が入り混じる中、浬くんとの思い出が詰まった場所から離れてしまう寂しさに押し潰されそうになった。
好きだと言われて、嬉しいのに、可愛いと言ってくれた声をもう聞いてもらうことができないことが、すごく悲しかったな。

『誕生日おめでとう。
今日まで生きてきてくれて、ありがとう。

僕は、和奏の柔らかい髪が好きだよ』

看護学校へ進学した私にも友達ができて、アルバイトをしながら勉強を頑張っている頃。まだ専門の授業が少なくて、時間にも余裕があったせいで、浬くんを想う時間も多かったんだ。

私の栗色の髪に触れる指先を思い出して、何度も下を向きそうになったんだよ。

『誕生日おめでとう。
今日まで生きてきてくれて、ありがとう。
僕は、和奏の人の目を真っ直ぐ見て話すところが好きだよ』

私の学生生活が忙しくなってきて、実習で挫けそうになることもあった。そういう時に、浬くんがくれた言葉を思い出して、真っ直ぐな心と目で、患者さんと向き合う努力をしたよ。

『誕生日おめでとう。

今日まで生きてきてくれて、ありがとう。

僕は、和奏の優しいところが好きだよ』

就職活動を始めた頃。私は真っ先に自分がお世話になっている病院に目標を定めた。

浬くんが息を引き取った場所であり、私がその命を受け継いだ場所。

私が優しいという自覚はあまりないけど、浬くんが優しいと言ってくれるのなら、その言葉に相応しい人であろうと誓ったの。


『誕生日おめでとう。

今日まで生きてきてくれて、ありがとう。

僕は、和奏の頑張り屋なところが好きだよ』

看護師一年目。慣れない生活と、患者さんと向き合うプレッシャーで、何度も逃げ出したくなった。それでも、頑張り屋な私を好きだという言葉を支えに、精一杯仕事に取り組んだよ。

『誕生日おめでとう。

今日まで生きてきてくれて、ありがとう。

僕は、和奏の思いやりのある心が好きだよ』

仕事に慣れてきた私にも、心の余裕ができてきた頃。だから、人を思いやることを意識して仕事に集中することができた。浬くんを想うたびに、胸に温もりを感じて、頑張ることができる。そんな自分に安堵して、浬くんへの消えない想いを何度も実感したよ。

『誕生日おめでとう。

今日まで生きてきてくれて、ありがとう。

僕は、和奏の少し泣き虫なところが好きだよ』

結婚する友達が出てきたことで、私の中にいる浬くんの存在がますます大きくなって、眠れない夜があったな。結婚するなら浬くんが良かった。そんなふうに弱気になって、ほんの少し涙を流すこともあった。だけど、泣き虫なところも好きだと言われたことを思い出して、涙のあとには笑顔で空を見上げることができたんだ。

『誕生日おめでとう。
今日まで生きてきてくれて、ありがとう。
僕は、和奏の怖がりなところが好きだよ』

もうすぐ浬くんがいなくなって十年が経つ。いつの日か、自分の中にある浬くんへの想いが消えてしまうのではないかと怖くなる日もあった。大切な存在であることに変わりはないし、胸に手を当てれば、浬くんの鼓動が感じられる。私が生きていられるのは、浬くんの心臓と想いがあるから。それを改めて実感したことで、いつの間にか、恐怖心は薄らいでいったの。

私は指で几帳面な文字をなぞり、口元を緩めた。

「普通は欠点って言われる部分まで好きって言うのが、浬くんらしいよね」

私は大きく息を吐き、桜を見上げた。最後の手紙を読んでしまったら、このラブレターも終わりとなる。この十年間、間違いなく、浬くんからの手紙が支えになってきた。とても短い文章だけど、毎年、生きてきたことを喜んでくれる。その言葉だけでも、これまでのつらかったことや腹が立ったこと、悲しかったことが浄化された。そして、告白してもらえるのだから、そのたびに浬くんへの想いが募っていく。

私は深呼吸をすると、意を決して、最後の手紙を開いた。


『誕生日おめでとう。

今日まで生きてきてくれて、ありがとう。

僕は、和奏のすべてが大好きだよ。

君は僕が恋した、たった一人の女の子だ。君を好きになれたことに幸せを感じ、君を愛しく思う自分を好きになれた。本当にありがとう。

今、和奏はどんな女性になっているんだろう。きっと可愛くて、魅力的な人になっているんだろうね。もしかしたら、多くの男性から告白されているかもしれない。僕の好きな君の魅力が他の人にもわかってもらえていたら、僕も嬉しいよ。

和奏。

僕からの最後の我が儘を聞いてほしい。

もう僕を忘れて、大切な人を見つけて、幸せになってください。

もし、もう愛する人を見つけているのなら、尚更、僕のことを忘れないといけないよ。

僕の最後の願いは、君が幸せになることなんだ。残念ながら、僕は過去から手紙を送ることしかできない。でも、和奏にはこの先、長い時間があるのだから、未来を共に歩める人と愛し合ってほしい。

もしかしたら、君はこの手紙を読んで、怒るかもしれないね。でもね、僕が望んでいたのは、君が生きていくことだって覚えているよね。

君は一人でも生きていけると言うかもしれない。それも間違いではないけれど、君が挫けそうになった時に支えてくれる人がいないと、僕が安心できないんだ。もう僕ではその存在にはなれない。

だから、お願い。

過去は忘れて、前を向いて歩んでいって。君なら幸せを掴めるから。必ず幸せになれるから。これからは僕の言葉じゃなく、自分を信じて進むんだよ。大丈夫。和奏ならできる。

和奏。

君を心から愛していました。

今まで長い間、本当にありがとう。

大塚浬』

最後まで読み終えた私は、その手紙を胸に抱き締めた。涙が零れそうになったけど、飲み込んだよ。震えそうになる手には力を入れて抑え込んだ。

「浬くんは、本当にバカだよね。私があなたを忘れることができると思ってるの？　こんなにも愛情を与えてくれた大切なあなたを。私の中で生き続けているあなたを。あなたの鼓動が私を生かしてくれているというのに。忘れることで幸せになれると、本当に思っているのなら、そこだけは浬くんが間違えているよ」

頭上でさわさわと音を立てる桜の花が、私の想いを空へと届けてくれる気がして、悠然と咲き誇る桜を見上げ、微笑んだ。

「優しい浬くん。私があなたを愛したことは、なかったことにはできないよ。前を向いて進めというのなら、私は努力する。でも、あなたの存在は私の宝物なの。これは絶対に変わらない。だから、諦めて、私に愛されていてよ。それが、私の生き方だから」

その瞬間、ひと際強い風が駆け抜け、花びらを舞い上げた。空高く上がっていく花びらと共に、この想いが浬くんに届きますように。

私は舞い散る桜に、あなたを想った。

了

あとがき

このたびは『舞い散る桜に、あなたを想う』をお読みいただき、ありがとうございます。

人を想うことの尊さと命をかけるほどの愛の儚さを感じていただけたらと思いながら、書かせていただきました。

恋と愛の違いは何か。そんな問いを見たことがあります。皆さまはどう考えられますか？　私は、恋は求めるもので、愛は与えるもの。そのように感じます。また、未成年が愛を語るのは早いという言葉を聞いたことがあるのですが、私は何歳であっても、人を愛する気持ちは存在し、その強い想いが引き寄せる何かがあると思っています。

浬と和奏はまだ高校生です。二人とも初恋で、駆け引きもできないし、器用な付き合い方もできない。そんな中、二人が向き合わされたのは『命』でした。

和奏が病気でなかったら、二人はここまでお互いを愛することはなかったかもしれません。高校生らしい付き合い方をしていたら、喧嘩もしたことでしょう。その後、二人は結婚し、子どもにも恵まれる。そういった結末もあったはずです。しかし、数奇にも二人の運命は、和奏の病気に立ち向かうことで始まりました。

未熟な二人が立ち向かうには、辛すぎる運命。それでも、懸命にお互いを想い合い、生き抜く姿を見守っていただいたことと思います。

私はもともと医療従事者でした。現在は現場を離れ、別の仕事をしていますが、学生時代から命と向き合ってきました。

実習生時代に担当した患者さんの一人に、当時の私と同じ歳の方がいました。その方は末期がんを抱え、あと数か月という期限を突き付けられていました。四六時中、痛みとめまいと吐き気に苦しめられていて、どれだけ耐えても運命からは逃げられない。そんな中、その方が私に言ったんです。

「いつもありがとうございます。実習は大変ですよね。体調は大丈夫ですか?」と。

私は泣きそうになるのを必死に堪えました。

そんな辛い状況で、どうして人を気遣えるのか。どうして穏やかに笑えるのか。同じ歳の私を妬ましく思わないのか。そんな言葉が浮かびましたが、当然、口にすることはできません。一言だけでも返事をしなくては。そう思ったのですが、この時の私は何一つ言葉が出てきませんでした。浬のように、ぎこちなく笑うのが精一杯でした。この時に思ったんです。私もこの方のように、どんなに辛い時でも人に優しくありたいと。そして、死から逃げてはいけないとも。

これは綺麗事でしかないかもしれません。月日を重ねた今の私が同じ状況に立たされたとして、その方と同じような心で人と接することはできないかもしれません。それでも、私はそうありたいと強く思うしかないんです。不条理な世の中で、平等なのは死だけ。逃げられないのなら、どう向き合うか。それがとても大切だと思います。

そんな私が物語を紡ぐようになり、早数年が経ちました。ようやく、この思いを形にすることができました。

これまで応援してくれた家族には感謝してもしきれません。

子どもたちへ。二人には寂しい思いをさせているかもしれないね。それでも、「がんばって」と言ってくれる二人のことが大好きです。

夫へ。あなたにはこれまでたくさん助けられてきました。いつも支えてくれてありがとう。

私の両親へ。これまでいろんなことがあったけど、私が私らしく生きていられるのは、二人がどんな時でも傍にいてくれたからです。だから今、困難に立ち向かっている二人の支えになりたい。悲しくても、辛くても、挫けそうになっても、私は笑顔でいたい。最期の日まで、私は笑顔でいるから。だから、辛い時は弱音を吐いてもいいし、怒りをぶつけてくれてもいい。私がそれを全部受け止めます。

そして、相談に乗ってくださった編集者さまへ。私がこの作品を大切にしていることを理解してくださり、親身に寄り添って、丁寧に対応していただき、ありがとうございます。また、この本が出来上がるまでに携わってくださった皆さまに感謝申し上げます。

最後に、読者さまへ。この本を手に取ってくださったこと、最後までお付き合いいただけたことに、深く感謝申し上げます。

二〇二四年

安里　紬

著者プロフィール
安里 紬（あんり つむぎ）

岐阜県出身・在住。

幼い頃から読書が好き。恋愛、友情、家族などさまざまなテーマの本を読むうちに、「自分が読みたいものを、自分で書けばいいのでは」とふと思い立ち、35歳から小説の執筆を始める。

2023年からシナリオライターとしても活動中。アニメ動画や短編映画などの脚本を手掛けている。本でも映像でも、目標は「感動できる物語を紡ぐ」こと。

【著書】『甘いキスで始まる恋～ドクターは俺様御曹司～』（2020年ロマンスヒルズ）

舞い散る桜に、あなたを想う

2024年５月15日　初版第１刷発行
2024年５月20日　初版第２刷発行

著　者　安里 紬
発行者　瓜谷 綱延
発行所　株式会社文芸社
〒160-0022 東京都新宿区新宿1－10－1
電話 03-5369-3060（代表）
03-5369-2299（販売）

印刷所　株式会社暁印刷

ISBN978-4-286-24687-1